Cuadernos del Acantilado, 121
«OBLIGACIÓN IMPUESTA»
Y «WONDRAK»

STEFAN ZWEIG

«OBLIGACIÓN IMPUESTA» Y «WONDRAK»

PRÓLOGO DE PATRICIO PRON

TRADUCCIÓN DEL ALEMÁN
DE ROBERTO BRAVO DE LA VARGA

BARCELONA 2024   ACANTILADO

TÍTULO ORIGINAL *Der Zwang / Wondrak*

Publicado por
ACANTILADO
Quaderns Crema, S. A.

Muntaner, 462 - 08006 Barcelona
Tel. 934 144 906
correo@acantilado.es
www.acantilado.es

© del prólogo, 2024 by Patricio Pron
© de la traducción, 2024 by Roberto Bravo de la Varga
© de esta edición, 2024 by Quaderns Crema, S. A.

Derechos exclusivos de esta traducción:
Quaderns Crema, S. A.

En la cubierta, fragmento de
Mano agarrando una rama de olivo (c. 1353-1323 a. C.)

ISBN: 978-84-19036-92-6
DEPÓSITO LEGAL: B. 3949-2024

AIGUADEVIDRE *Gráfica*
QUADERNS CREMA *Composición*
ROMANYÀ-VALLS *Impresión y encuadernación*

PRIMERA REIMPRESIÓN *abril de 2024*
PRIMERA EDICIÓN *marzo de 2024*

CONTENIDO

LOS QUE OBEDECEN
Y LOS QUE DESOBEDECEN

«¿Te han llamado al consulado?», pregunta ella. «Sí», responde él. «¿Y vas a ir?». El joven pintor y su esposa están almorzando en su casa, frente al lago de Zúrich; consiguieron escapar, posiblemente de Alemania, unos meses atrás y ya no sufren las gravosas obligaciones que un país en guerra impone a sus ciudadanos. La situación podría parecer sencilla; en un punto, casi idílica. Pero la pregunta de Paula no es en absoluto inocente ni tiene una respuesta fácil. Unos minutos atrás, los colores de la paleta le parecían a Ferdinand «fango y sangre», le « hacían pensar en pus y en heridas». Ahora, se siente incapaz de continuar comiendo. Ni siquiera él puede responder la pregunta de si va a acatar la orden de presentarse a las autoridades y aceptará ser enviado a la guerra. Simplemente, Ferdinand no puede seguir tragando.

Al igual que sus personajes, Stefan Zweig estaba refugiado en Suiza cuando, entre la primavera y el verano de 1918, escribió «Obligación impuesta», cuyo título provisional era «Der Refractair», ('El desertor'); como ellos, vivía en las proximidades del lago de Zúrich y se oponía a la guerra: había sido declarado no apto para el servicio militar activo pero, al mismo tiempo, se le había obligado a trabajar como propagandista en el departamento de prensa del Ministerio de Guerra austrohúngaro, puesto del que consiguió liberarse finalmente en marzo de 1918, cuando se le permitió instalarse en Zúrich como corresponsal del *Neue Freie Presse*. Pero las semejanzas entre Zweig y Ferdinand, el protagonista de «Obligación impuesta», terminan ahí. Zweig no parece haber dudado nunca de sus convicciones—por ejemplo la de que, como se nos dice en ese relato, su antigua patria «no significaba para él más que prisión y confinamiento forzoso. El extranjero, eso era para él su patria universal; Europa, la humanidad»—, y Ferdinand, en cambio, sólo tiene dudas: se debate entre obedecer y desobedecer, entre su convencimiento de que no debe contribuir a la tragedia europea y la que siente como una obligación hacia su país de origen, instilada en él a lo largo de su vida por las instituciones y esencial para sus ideas acerca de sí mismo y del mundo.

Por contra, la protagonista de «Wondrak», Ruzena Sedlak, parece carecer de todo concepto de sí misma; expulsada por su fealdad física del mundo—incluso del que conforma el pequeño pueblo en el sur de Bohemia con el que comercia en ocasiones—, hija de apestados, víctima de una violación y de humillaciones recurrentes que ni siquiera alcanza a comprender, Ruzena, llamada «la Calavera», no tiene fuerzas para odiar a las personas, «pero tampoco el deseo de amarlas». Y sin embargo una voluntad y una energía extraordinarias se apoderan de ella cuando decide impedir que su hijo sea enviado a la guerra. Ruzena acepta la existencia de un orden—consistente en autoridades y personas que sólo afirman cumplir con su deber—que se aparta radicalmente del mundo en el que ella vive, pero no está dispuesta a que ese orden sesgue una vida que no se propuso dar, pero que dio y le pertenece a ella, no a esos libros en el ayuntamiento en los que, como se nos dice, «si el burgomaestre, el Estado, anota un nombre en uno de esos estúpidos libros, desde ese instante, un pedazo de su persona les pertenecería a ellos»; esconde en el bosque a su hijo, pero éste se delata y la mujer no consigue entender que el oficial que dirige la partida que captura al hijo es inaccesible a sus ruegos porque está «envuelto en un halo intangible de poder» que se manifiesta en su uniforme. Se trata del conflicto habitual entre dos clases de personas; unas—como Ruzena y Karel, el hijo—están desposeídas de todo y otras revisten de autoridad esa desposesión; el conflicto entre ambas suele resolverse en beneficio de los que se describe en «Obligación impuesta» como «tratantes de caballos», los verdaderos responsables de «la indignidad del hombre de su época y la esclavitud en la que Europa ha caído»: lo que vincula a unas y otras no es la conciencia de esa desposesión, sino el miedo, que reduce al hijo, a Ferdinand y a otros personajes de estos relatos a la parálisis y al silencio; los convierte, en palabras de Ferdinand, en «seres desgarrados, contraídos, surcados por el espanto y el horror».

Zweig nunca terminó «Wondrak», un relato que, dado su rechazo abierto a la guerra, su autor parece haber considerado impublicable incluso mientras trabajaba en él, en enero de 1915.[1] Knut

---

[1] En la entrada del 4 de enero de 1915 de sus diarios, Zweig escribió, junto a la referencia a «Wondrak»: «Lo único que es posible hacer en estos tiempos es encerrarse

Beck, el editor de la correspondencia, los diarios y la obra completa de Zweig, lo descubrió entre sus papeles y lo publicó en 1990 junto a «Obligación impuesta»—que había visto la luz en 1920 en una edición con un puñado de grabados del artista visual y activista belga Frans Masereel—con el título de «Dos relatos contra la guerra». Su final, inconcluso, ofrece un importante contraste con el de «Obligación impuesta», en el que la contemplación de los sobrevivientes de la guerra—más aún, de quienes fueron o son «el enemigo»—se erige en una epifanía para Ferdinand y determina el fin de sus dudas; pese a ello, ambos relatos se completan y se iluminan mutuamente. Por supuesto, el estilo lírico y descriptivo de Zweig—y su tendencia a cierto romanticismo potencialmente *kitsch*—está presente en los dos, pero también el rechazo vehemente a la guerra, a todas ellas, que, en última instancia, condujo al autor y a su segunda esposa al callejón sin salida de Petrópolis, donde ambos se quitaron la vida en febrero de 1942, deseosos de escapar de otra tragedia europea, esta vez incluso de mayor al-

---

en uno mismo», *Diarios*, trad. Teresa Ruiz Rosas, Barcelona, Acantilado, 2021, p. 155.

cance, y más difícil de entender, que la de la guerra que denuncian estos relatos.

«Todo el mundo tiene que ir, lo dice en la hoja. Y todos han ido», intenta razonar el hijo de Ruzena. «No quiero, no hay nada en mí que quiera ir», admite Ferdinand; sin embargo, agrega:

Pero iré contra mi voluntad. Eso es precisamente lo terrible de su poder, que uno los sirve contra su voluntad, contra sus convicciones. Si por lo menos a uno le quedase la voluntad…, pero en cuanto tiene una hoja como ésa en las manos, la voluntad huye de él. Obedece. Es un colegial: el profesor llama, uno se levanta y tiembla.

Bertolt Brecht abordó en 1930 el mismo problema de conciencia que presenta aquí Zweig cuando adaptó una pieza del teatro nō japonés del siglo XV para preguntarse hasta qué punto se debe sacrificar una persona por la perpetuación de la comunidad a la que pertenece. «El consentidor y el disentidor», la pieza de Brecht, postula que la aceptación acrítica de las normas y valores de una sociedad puede destruirnos al tiempo que destruye la sociedad que cree estar destinada a preservar. Pese a su enfoque en sujetos individuales—Ruzena, Ferdinand, Wondrak, Paula, el hijo...—, Zweig viene a decir algo similar en estos relatos: allí donde se exige la pérdida de la vida en nombre de la identidad personal y el país de origen se pone de manifiesto que esa identidad y todas las ideas de patria son una cárcel de la que es necesario liberarse. «No dejaré que me arrebaten nada por un pedazo de papel, no reconoceré ninguna ley que lleve al asesinato. No inclinaré la cerviz por razón de la autoridad», le dice Paula a Ferdinand, y añade:

Yo también sé lo que significa la patria, pero además me doy cuenta de en qué se ha convertido hoy: asesinato y esclavitud. Se puede pertenecer a un pueblo, pero cuando los pueblos se vuelven locos, no hay por qué seguirlos. Si para ellos no eres más que una cifra, un número, una herramienta, carne de cañón, yo todavía te siento como un hombre vivo, y no consentiré que te lleven.

Pero Ferdinand duda, y esta duda le otorga una dimensión infrecuente para un personaje literario al tiempo que nos lo hace singularmente próximo. «¿Quién sigue siendo libre hoy en día?», se pregunta el pintor. Quienes vivimos otras gue-

rras—y fuimos protegidos por el ala del ángel
de la Historia, que el huracán empuja de espaldas hacia el progreso, según Walter Benjamin—
podemos sentir «una infinita compasión por todos aquellos [...] en la oscuridad» sin sentir la
«infinita nostalgia» que hace que Ferdinand de-
see «ligarse a ellos y a su destino». No importa en qué momento se lea este libro, para entonces, como ahora, millones de personas en Europa y en otros lugares estarán habitando el mundo
en guerra que describió Zweig y, como sus personajes, tendrán que tomar la decisión de si desean
pelear por su país o por un propósito más noble
y duradero. ¿Puede la literatura ayudarlos a comprender esa decisión? Es posible que sí y que estos relatos sean una prueba de esa potencia de la
ficción—una más de ellas—de iluminar un mundo al tiempo que lo crea para nosotros. «Ellos
son más fuertes que todos, son los más fuertes del
mundo entero», sostiene Ferdinand; sin embargo, Paula conoce el origen de su fuerza:

Mientras os apartéis para esquivar el golpe y prefiráis escapar de entre sus dedos en lugar de darles en
el corazón, seréis siervos y no mereceréis nada mejor.
Uno no se puede rebajar a arrastrarse cuando es un

hombre; ha de decir «no», ése es el único deber de hoy y no el de dejarse llevar al matadero.

Como escribió el gran filósofo moral español Andrés Rábago, alias El Roto y Ops, «Si cavas lo suficiente, siempre aparece alguna patria». Pero nuestro deber es permanecer intelectual y emocionalmente vivos incluso bajo los escombros de la Historia.

PATRICIO PRON

OBLIGACIÓN IMPUESTA

A Pierre J. Jouve, con fraterna amistad.

La mujer aún dormía imperturbable respirando con fuerza, rotundamente. Su boca, medio abierta, parecía querer esbozar una sonrisa o articular una palabra, y el joven pecho curvado se elevaba blandamente bajo la colcha, con placidez. Por las ventanas clareaba la primera luz del día; pero la mañana invernal no dejaba más que un escaso resplandor. El ambiguo crepúsculo entre la oscuridad y el amanecer flotaba inseguro sobre el sueño de las cosas velando su figura.

Ferdinand se había levantado en silencio, ni siquiera él sabía por qué. Ahora le ocurría a menudo que de repente, en medio del trabajo, echaba mano del sombrero y salía precipitadamente de la casa, a los campos, alejándose cada vez más y más deprisa, hasta que agotado de correr se encontraba de golpe en algún paraje remoto y extraño, con las rodillas temblorosas y el pulso alterado palpitándole en las sienes. O que de pronto se quedaba absorto en medio de una animada conversación y ya no comprendía las palabras, pasaba por alto las preguntas y tenía que sacudirse violentamente para salir de su aturdimiento. O que por la noche, mientras se desvestía, se olvidaba de sí mismo y, atónito, con el calzado que acababa de quitarse en las manos, se quedaba sentado al borde de la cama hasta que lo sobresaltaba la voz de su mujer llamándolo o el súbito ruido del zapato al caer al suelo.

Cuando salió al balcón dejando el ambiente ligeramente cargado de su cuarto, se estremeció por el frío. De forma inconsciente apretó los brazos contra el cuerpo para darse calor. El profundo paisaje que tenía debajo todavía se confundía por entero en la niebla. Sobre el lago de Zúrich, que desde su casita en las alturas se veía en otras ocasiones como un espejo pulido sobre el que se deslizaban veloces las blancas nubes del cielo, flotaba una espesa bruma lechosa. Todo estaba húmedo, oscuro, resbaladizo y gris, allá donde posara la mirada, o las manos; el agua goteaba de los árboles, la humedad rezumaba por las vigas. Como un hombre que acaba de escapar de una inundación y se sacude el agua que le chorrea por los cuatro costados, así era el mundo que se

18

alzaba frente a él. A través de la noche nebulosa llegaban voces de personas, pero guturales y apagadas como el estertor de los ahogados; de vez en cuando también se oían un martilleo y el lejano clamor de la torre de la iglesia, aunque mojado y herrumbroso, sin un sonido tan nítido como el que era habitual. Una húmeda oscuridad se elevaba entre él y su mundo.

Se estremecía de frío. Y, sin embargo, permaneció allí de pie con las manos encogidas en el fondo de los bolsillos, esperando a poder ver los primeros trazos del panorama conforme iba despejándose. Como si fueran papel gris, las nieblas empezaron a desvanecerse lentamente de abajo arriba y le sobrevino una nostalgia infinita por el amado paisaje, cuya ordenada existencia sabía que perduraba allá en lo hondo, oculta sólo por el vaho de la mañana, y cuyas claras líneas iluminaban otras veces su propio ser alumbrando ese mismo orden. ¡Cuántas veces había salido a esta ventana huyendo de su confusión interior y había encontrado la calma en la apacible vista que se tenía desde allí! Las casas de la margen opuesta colocadas amablemente unas junto a otras, un barco de vapor surcando con seguridad y delicadeza las aguas azules, las gaviotas sobrevolando despreocupadamente la orilla, el humo ascendiendo en remolinos de plata desde una roja chimenea junto al sonido de las campanas que tañían a mediodía, todo ello le gritaba: ¡paz!, ¡paz!, de una manera tan manifiesta que, a pesar de lo que sabía de por sí y de la locura del mundo, creía en estos hermosos signos y por unas horas se olvidaba de su propia patria por ésta recién escogida. Hacía meses que había llegado a Suiza huyendo de la gente y de los tiempos que corrían en su país en guerra y aquí notaba que su ser desgarrado, contraído, surcado por el espanto y el horror recuperaba su tersura e iba cicatrizando a medida que el paisaje lo acogía blandamente en su seno y la pureza de las líneas y los colores inspiraban su arte invitándole al trabajo. Por eso, siempre se sentía extraño y nuevamente rechazado cuando esta vista quedaba oscurecida tal y como sucedía a aquella hora de la mañana en que la niebla lo cubría todo. Experimentó una infinita compasión por todos aquellos que estaban atrapados allá abajo en la oscuridad, por las personas de su mundo, de su patria, que también estaban hundidos en la lejanía; infinita compasión e infinita nostalgia ansiando ligarse a ellos y a su destino.

De alguna parte, a través de la niebla, llegó el

sonido de la campana de la iglesia, que dio los cuatro cuartos y luego, anunciándose a sí misma la hora, tocó otras ocho veces con un tono algo más brillante en aquella mañana de marzo. Se sintió indescriptiblemente solo, igual que si fuera él quien estuviera en lo alto de una torre frente al mundo, con su mujer detrás sumida en la oscuridad del sueño. Recurriendo a la voluntad que todavía le quedaba en lo más íntimo de su ser, hizo un supremo esfuerzo por rasgar aquella blanda pared de niebla y buscar en alguna parte el anuncio del despertar, la certeza de la vida. Y al ir alargando la mirada, desviándola de sí, podría decirse, tuvo la impresión de que allá abajo, en la franja gris donde el pueblo acababa y el camino comenzaba a ascender en líneas serpenteantes y quebradas colina arriba, algo se movía lentamente, hombre o animal. Cubierto por un blando velo, algo pequeño se acercaba. Al principio le alegró comprobar que había alguien más despierto aparte de él, aunque, por otro lado, le invadió una curiosidad ardiente e insana. Ahora la silueta gris se estaba acercando a un punto donde había una encrucijada, uno de cuyos caminos conducía a la localidad vecina, mientras el otro subía hasta allí. El extraño pareció vacilar un instante mientras tomaba aliento. Luego comenzó a ascender lentamente por aquel camino de herradura.

La inquietud se apoderó de Ferdinand. «¿Quién será este extraño?», se preguntaba. «¿Qué le fuerza a abandonar el calor de su oscura habitación y a salir como yo tan de mañana? ¿Va a subir a mi casa? ¿Qué quiere de mí?». Entonces, a través de la niebla, que se volvía más esponjosa a medida que se acercaba, lo reconoció: era el cartero. Todas las mañanas, al sonar las ocho campanadas, trepaba hasta allí arriba. Ferdinand lo conocía y tenía en mente su cara de madera con la roja barba de marino, que se volvía blanca en los extremos, y las gafas azules. Se apellidaba Nogal, pero él lo llamaba «Cascanueces» por sus movimientos secos y la presunción con que siempre echaba la cartera al lado derecho, una cartera grande, de cuero negro, antes de entregar con gesto grave la correspondencia. Ferdinand no pudo evitar una sonrisa cuando lo vio subir paso a paso, cargando la cartera sobre el hombro izquierdo y esforzándose por caminar con mucha dignidad con sus piernas cortas.

Pero, de repente, sintió que le temblaban las rodillas. Su mano, alzada sobre los ojos, cayó como si se le hubiera quedado inútil. La inquietud de ese día, del anterior, de todas esas semanas, volvía a hacerse presente de una forma inesperada. Tuvo la sensación de que aquella persona venía por él, paso a paso, exclusivamente por él. Sin siquiera ser consciente de lo que hacía, abrió la puerta, se deslizó por su cuarto pasando de largo ante su mujer dormida y bajó presuroso las escaleras, descendiendo por el camino del vallado al encuentro del que se acercaba. En la puerta del jardín se topó con él.

—¿Tiene usted…? ¿Tiene usted…?—hasta tres veces tuvo que empezar—. ¿Tiene usted algo para mí?

El cartero levantó las gafas húmedas para mirarle.

—Pues sí, pues sí.

De un tirón se pasó la cartera negra al lado derecho, buscó a tientas con los dedos—eran como grandes lombrices de tierra, húmedos y rojos por la niebla helada—entre las cartas. Ferdinand tiritaba. Al fin sacó una. Era un gran sobre marrón con un sello que decía «oficial» estampado arriba y su nombre debajo.

—Firme aquí—dijo.

Humedeció el lápiz tinta y le tendió la libreta.

Con un garabato ilegible fruto del nerviosismo, Ferdinand escribió su nombre.

Luego alargó la mano para recoger la carta que aquellos dedos gordos y rojos le ofrecían. Pero los suyos estaban tan tiesos que el papel se le escurrió y cayó al suelo sobre la tierra mojada y las hojas húmedas, y al agacharse a recogerlo aspiró un olor amargo a podredumbre y descomposición.

Eso había sido, ahora lo sabía de cierto, lo que había socavado su quietud y le venía perturbando desde hacía semanas: esta carta que había estado esperando muy a su pesar y que llegaba hasta él desde una lejanía indefinida, carente de sentido, que lo buscaba a ciegas, tanteando, intentando apoderarse con sus tiesas palabras escritas a máquina de su tibia vida, de su libertad. La había sentido llegar igual que el jinete que participa en una patrulla siente entre la verde espesura del bosque un cañón de acero frío, invisible, apuntándole con una pequeña pieza de plomo dentro dispuesta a penetrar oscuramente bajo su piel. Así que había sido en vano la defensa, las pequeñas maquinaciones con las que llenaba su pensamiento noches enteras: ya habían dado con él. Apenas habían pasado ocho meses desde que desnudo, tiritando de frío y asco, comparecía ante un médico militar que palpaba los músculos de sus brazos como un tratante de caballos, desde que había reconocido en esta humillación la indignidad del hombre de su época y la esclavitud en la que Europa había caído. Todavía había aguantado dos meses más viviendo en aquel ambiente sofocante de soflamas patrióticas, pero poco a poco fue faltándole el aliento, y cuando las personas que tenía a su alrededor abrían los labios para soltar su discurso, creía ver el amarillo de la mentira en sus lenguas. Lo que decían le repugnaba. La visión de las mujeres ateridas, sentadas con sus sacos de patatas vacíos en los escalones del mercado al despuntar la mañana, le oprimía el alma partiéndosela en dos pedazos: con los puños apretados vagaba de un lado a otro, sintiendo cómo iba envileciéndose, volviéndose odioso y repugnante a sí mismo, mezclando en su interior rabia e impotencia. Al final, gracias a la intervención de un tercero, había logrado pasar a Suiza con su mujer; cuando cruzó la frontera, la sangre se le subió a las mejillas de repente. Tuvo que agarrarse a un poste porque se tambaleaba.

Humanidad, vida, acción, voluntad, fuerza, volvía a sentirlas por primera vez en mucho tiempo, y sus pulmones se abrieron para recibir la libertad que se respiraba en el aire. Ahora la patria no significaba para él más que prisión y confinamiento forzoso. El extranjero, eso era para él su patria universal; Europa, la humanidad.

Pero aquello no duró mucho, ese leve sentimiento de alegría cedió pronto ante el miedo. Notaba que, de algún modo, todavía estaba atrapado por su nombre en esa sangrienta espesura que había dejado atrás, que algo que no conocía, que no sabía y que, sin embargo, sí sabía de él no lo dejaba libre, que un ojo frío y sin sueño lo acechaba invisible desde algún lugar. Se replegó en lo más profundo de sí mismo, no leía periódicos para no encontrar los llamamientos a filas, cambiaba de vivienda para borrar sus huellas, sólo permitía que se remitiesen cartas a su esposa a través de la lista de correos, evitaba a la gente para no ser preguntado. Jamás pisaba la ciudad, enviaba a su mujer a por lienzo y colores. Su existencia se encerró por completo en el anonimato, en este pequeño pueblecito del lago de Zúrich, donde había alquilado una casita a unos campesinos. Pero, con todo, sabía que, en algún cajón, entre cientos de miles de hojas, había una para él. Y sabía que un día, en alguna parte, en algún momento, abrirían ese cajón… Oía cómo tiraban de él, oía el tecleo de una máquina de escribir que copiaba su nombre y sabía que luego esa carta vagaría y vagaría hasta que por fin lo encontrase.

Y ahora oía cómo crujía, y la sentía fría y corpórea al apretarla entre sus dedos. Ferdinand se esforzó por mantener la calma.

«¡Qué me importa a mí la hoja esta!», se dijo. «Mañana, pasado mañana brotarán mil, diez mil, cien mil hojas en los arbustos de aquí y cada una de ellas me es tan indiferente como ésta. ¿Qué quiere decir esto de "oficial"? ¿Que debo leerla? Yo no aspiro a tener un reconocimiento oficial entre los hombres y tampoco se lo concedo a ninguna autoridad que diga estar sobre mí. ¿Qué hace mi nombre ahí…? ¿Es que acaso soy eso? ¿Quién me puede obligar a decir que lo soy, quién me fuerza a leer lo que hay escrito en ella? ¡Si la rasgo sin leerla, los pedazos se irán revoloteando hasta el lago y yo no sabré nada y nada sabrá de mí el mundo, ninguna gota caerá más rápido desde el árbol hasta el suelo, el aire no saldrá diferente de mis labios! ¿Cómo puede inquietarme esto, esta hoja de la que sólo sabré si yo quiero? Y no quiero. No quiero más que mi libertad».

Los dedos se tensaban para aplastar el duro sobre y hacerlo pedazos; pero era extraño: los músculos no le obedecían. Había algo en sus manos que operaba al margen de su voluntad, pues no seguían sus instrucciones, y mientras deseaba con toda su alma que sus manos hicieran trizas el sobre, ellas lo abrieron con todo cuidado y desplegaron temblando la hoja blanca. Y allí estaba lo que él ya sabía: «n.º 34.729 f. Por la presente le notificamos que la comandancia de distrito de M. ha resuelto requerirle cortésmente para que se persone antes del próximo día 22 de marzo en nuestras dependencias, sala n.º 8, a fin de someterse a un nuevo reconocimiento médico con objeto de determinar su aptitud para el servicio militar. Acepte el testimonio de nuestra más distinguida consideración».

Cuando volvió a entrar en la habitación, una hora más tarde, su mujer salió a recibirlo sonriendo con un primaveral manojo de flores sueltas en la mano. Su semblante refulgía despreocupado.

—¡Mira lo que he encontrado!—dijo—. Allí en el prado de detrás de la casa ya están floreciendo, y eso que entre los árboles donde da la sombra todavía hay nieve.

Para no desairarla tomó las flores, se inclinó sobre ellas evitando enfrentarse con los ojos despreocupados de su amada y huyó presuroso escaleras arriba a la pequeña buhardilla que se había acondicionado como taller.

Pero el trabajo no marchaba. En cuanto se encontró ante el lienzo vacío, aparecieron de repente sobre él las palabras de la carta escritas a máquina. Los colores de la paleta le parecían fango y sangre. Le hacían pensar en pus y en heridas. Su autorretrato, que estaba en la penumbra, mostraba un cuello militar bajo la barbilla.

—¡Locuras! ¡Desvaríos!—dijo alzando mucho la voz y dio una patada con el pie para ahuyentar estas disparatadas imágenes. Pero las manos le temblaban y el suelo se balanceaba bajo sus rodillas. Tuvo que darse por vencido y tenderse. Luego se quedó así sentado sobre el pequeño taburete, sumido en sus pensamientos, hasta que a mediodía su mujer lo llamó.

Cada bocado que tomaba se le atragantaba. Arriba, en la garganta, tenía algo amargo; al principio siempre lograba que bajara, pero al final volvía a subir. Inclinado sobre la mesa y sin decir una palabra, advirtió que su mujer lo observaba con atención. De repente sintió la mano de ella apoyándose suavemente sobre las suyas.

—¿Qué te pasa, Ferdinand?

Él no respondió.

—¿Has recibido malas noticias?

Él se limitó a asentir con la cabeza y se atragantó.

—¿Del ejército?

Asintió de nuevo. Ella calló. Él también calló. De repente, aquel pensamiento se había erguido espeso y angustioso en medio de la habitación, abriéndose camino entre las cosas, empujándolas todas a un lado. Dilatado y viscoso ocupó los platos de la comida casi por empezar. Reptó como un caracol húmedo sobre sus espaldas y les provocó un escalofrío. No se atrevían a mirarse el uno al otro. Inclinados sobre la mesa y sin decir una palabra sentían la insoportable carga de aquel pensamiento sobre ellos.

Algo se había quebrado en la voz de ella cuando al fin preguntó:

—¿Te han llamado al consulado?

—Sí.

—¿Y vas a ir?

Él temblaba.

—No sé, pero tendré que hacerlo.

—¿Por qué tienes que hacerlo? No pueden forzarte a obedecer en Suiza. Aquí eres libre.

—¡Libre! ¿Y quién sigue siendo libre hoy en día?—farfulló con enojo apretando los dientes.

—Cualquiera que quiera ser libre. Y tú el que más. ¿Qué es eso?

Arrancó el papel que él le había puesto delante y lo tiró con desprecio.

—¿Qué fuerza tiene eso sobre ti, esos pedazos garrapateados por un pobre infeliz, por un escribiente en un despacho, qué son frente a ti que estás vivo y eres libre? ¿En qué pueden afectarte?

—La hoja, en nada; pero sí el que la envía.

—¿Quién la envía? ¿Qué persona? Una máquina, la gran máquina de asesinar personas. Pero a ti no te puede atrapar.

—Ha atrapado a millones, ¿y justamente a mí no? ¿Por qué?

—Porque tú no quieres.

—Tampoco ellos quisieron.

—Pero ellos no eran libres. Se encontraban entre fusiles y por eso tuvieron que marchar. Pero ninguno lo hizo voluntariamente. Nadie habría vuelto a ese infierno estando en Suiza.

Ella intentó frenar su irritación, porque lo veía

atormentado. La misma compasión que se siente por un niño afloró en su interior.

—Ferdinand—dijo, mientras se apoyaba en él—, ahora tienes que intentar pensar con total claridad. Estás asustado y comprendo lo que puede alterar que esta bestia taimada salte sobre uno de repente, pero ten en cuenta que, a pesar de todo, esperábamos esta carta. Hemos considerado esta posibilidad cientos de veces y yo me sentía orgullosa de ti, porque sabía que tú la romperías en pedazos y no te prestarías a matar a otros seres humanos. ¿No lo recuerdas?

—Así es, Paula, lo recuerdo, pero...

—No digas nada ahora—le apremió ella—. De algún modo te encuentras conmocionado. Acuérdate de nuestras conversaciones, del borrador que redactaste—está a la izquierda, en el cajón del escritorio—donde declarabas que jamás empuñarías un arma. Estabas decidido a mantenerlo con toda firmeza...

Él se levantó violentamente.

—¡Jamás mostré esa firmeza! Jamás estuve seguro. Todo aquello fueron mentiras, un recurso para ocultar mi miedo. Me embriagué con esas palabras. Pero sólo fue verdad mientras me vi libre y siempre supe que cuando me llamasen me volvería débil. ¿Crees que he temblado por ellos? ¡Si no son nada…! Mientras no se hacen realidad en mí, son sólo aire, palabra, nada. Pero he temblado por mí, porque siempre supe que en cuanto me llamasen acudiría.

—Ferdinand, ¿quieres ir?

—No, no y no—pataleó—, no quiero, no quiero, no hay nada en mí que quiera. Pero iré contra mi voluntad. Eso es precisamente lo terrible de su poder, que uno los sirve contra su voluntad, contra sus convicciones. Si por lo menos a uno le quedase la voluntad…, pero en cuanto tiene una hoja como ésa en las manos, la voluntad huye de él. Obedece. Es un colegial: el profesor llama, uno se levanta y tiembla.

—Pero Ferdinand, ¿quién es el que llama? ¿Acaso es la patria? ¡Un escribiente! ¡Un aburrido oficinista! Y, además, ni siquiera el Estado tiene el derecho de forzarle a uno a asesinar, ningún derecho…

—Lo sé, lo sé. ¡Ahora sigue citando a Tolstói! Conozco todos los argumentos. ¿Es que no lo entiendes? No creo que tenga derecho a llamarme, ni que yo tenga el deber de seguirlo. Sólo conozco un deber que se llama ser un hombre y trabajar. No tengo más patria que la humanidad, ni me enorgullece matar personas, todo eso lo sé, Paula, lo veo todo tan claro como tú... pero es que ellos ya se han apoderado de mí, me llaman y sé que, a pesar de todo, de cualquier cosa, acudiré.

—¿Por qué? ¿Por qué? Te pregunto por qué.

—No lo sé—gimió él—. Tal vez porque ahora en el mundo la locura es más fuerte que la razón. Tal vez porque no soy un héroe, precisamente por eso no me atrevo a huir... No se puede explicar. Es una especie de obligación que hay que cumplir forzosamente: no puedo romper la cadena que estrangula a veinte millones de personas. No puedo.

Ocultó el rostro entre sus manos. El reloj avanzaba paso a paso alternando su tictac, un centinela ante la garita del tiempo. Ella temblaba ligeramente.

—Es algo que te llama. Lo entiendo, aunque no lo comprenda. ¿Pero no escuchas también otra llamada que te pide que te quedes? ¿Es que nada te retiene aquí?

Él se enfureció.

—¿Mis cuadros? ¿Mi trabajo? ¡No! Ya no puedo pintar. Me he dado cuenta hoy. Ya vivo al otro lado y no aquí. Es un crimen trabajar para uno mismo en estas circunstancias, mientras el mundo se reduce a escombros. ¡Ya no es posible sentir por uno mismo, vivir para uno solo!

Ella se levantó y se dio media vuelta.

—Yo no he creído que vivieras sólo para ti. Creía…, creía que yo también era un pedacito de mundo para ti.

No pudo seguir hablando, sus lágrimas se abrieron camino entre las palabras. Él quiso calmarla, pero sintió la ira que había detrás del llanto de ella y retrocedió asustado.

—Márchate—dijo ella—, ¡venga, márchate! ¿Qué soy yo para ti? No tanto como un pedazo de papel. Así que, anda, márchate cuando quieras.

—Si es que no quiero—dijo Ferdinand golpeando con los puños, presa de una impotente ira—. No quiero, de verdad. Pero ellos sí quieren. Y son fuertes, y yo soy débil. Han endurecido su voluntad desde hace miles de años, son organizados y refinados, se han preparado y caen sobre nosotros como un trueno. Ellos tienen voluntad, y yo tengo nervios. Es una lucha desigual. Uno no puede nada contra una máquina. Si fueran hombres, uno podría defenderse. Pero se trata de una máquina, una máquina de carnicero, una herramienta sin alma, sin corazón ni razón. No se puede nada contra ella.

—Sí que se puede si uno quiere—ahora era ella quien gritaba como una loca furiosa—. ¡Si tú no puedes, yo sí puedo! Si eres débil, yo no lo soy; no doblaré las rodillas ante un papelucho como ése, no entregaré nada vivo por una palabra. No te irás mientras yo tenga poder sobre ti. Estás enfermo, lo puedo jurar. Eres una persona nerviosa. Cuando un plato choca, te sobresaltas. Cualquier médico debe ser capaz de verlo. Que te examinen aquí; yo iré contigo, yo les diré todo. Seguro que te conceden la licencia absoluta. Sólo hay que defenderse, sólo hay que apretar firmemente los dientes y tener voluntad. Acuérdate de Jeannot, tu amigo parisino: hizo que lo mantuvieran en observación durante tres meses en el psiquiátrico, lo atormentaron con toda clase de pruebas, pero se mantuvo firme hasta que lo dejaron marchar. Sólo hay que demostrar que uno no está dispuesto a irse. Uno no puede darse por vencido. Está en juego la integridad de tu persona: no olvides que buscan apoderarse de tu vida, de tu libertad, de todo. En estas condiciones, uno tiene que defenderse.

—¡Defenderse! ¿Cómo puede uno defenderse? Ellos son más fuertes que todos, son los más fuertes del mundo entero.

—¡Eso no es verdad! Sólo serán fuertes mientras el mundo quiera que lo sean. El individuo siempre es más fuerte que los conceptos, sólo tiene que seguir siendo él mismo, seguir fiel a su voluntad. Sólo tiene que saber que es un hombre y querer seguir siéndolo, entonces esas palabras que lo rodean, con las que ahora se quiere cloroformizar a la gente, *patria*, *deber*, *heroísmo*, esas palabras se vuelven pura cháchara, charlatanería que apesta a sangre, a sangre humana caliente, viva. Sé sincero, ¿la patria te parece tan importante como tu vida? ¿Aprecias más una provincia que cambia de monarca soberano que tu mano derecha, con la que pintas? ¿Crees en otra ley aparte de la moral invisible que construimos en nuestra conciencia con nuestros pensamientos y nuestra sangre? ¡No, yo sé que no! Por eso te mientes a ti mismo si dices que quieres marcharte…

—Es que no quiero…

—¡Pero no lo suficiente! En realidad ya no quieres nada. Te dejas llevar y ése es tu crimen. Te entregas a algo que abominas y te juegas la vida por ello. ¿Por qué no prefieres hacerlo por algo en lo que crees? Verter la sangre por tus propias ideas…, ¡bien! Pero ¿por qué por las que te son ajenas? Ferdinand, no lo olvides, si deseas lo suficiente seguir siendo libre, ¿qué son los de allí, los del otro lado?: ¡locos perversos! Si no lo deseas lo suficiente y te cogen, tú mismo serás el loco. Siempre me has dicho…

—Sí, te lo he dicho, he dicho de todo, he hablado y hablado sin parar para infundirme valor. He hecho grandes discursos, igual que los niños cantan en el bosque oscuro por miedo a su miedo. Todo era mentira, ahora lo veo con espantosa claridad, porque siempre he sabido que si me llamaban acudiría…

—¿Te marchas? ¡Ferdinand! ¡Ferdinand!

—¡No soy yo! ¡No soy yo! Algo dentro de mí se marcha…, ya se ha marchado. ¡Algo en mí se levanta como un colegial ante el profesor, ya te lo he dicho, y tiembla y obedece! Y, al mismo tiempo, escucho todo lo que dices y sé que es correcto y verdadero y humano y necesario…, que es lo único que puedo y debo hacer… Lo sé y lo admito, y por eso mismo resulta tan infame que me marche. Pero me marcho, ¡algo me tiene atrapado! ¡Sólo puedes despreciarme! Yo mismo me desprecio. Pero ¡no puedo hacer otra cosa, no puedo!

Golpeó con los dos puños la mesa que tenía delante. Había en su mirada algo impasible, brutal, cautivo. Ella no lo podía mirar. El amor que

sentía por él temía despreciarlo. Sobre la mesa todavía puesta estaba la carne, fría como una carro-
ña muerta, y el pan negro y desmigajado como es-
coria. El sofocante vaho de la comida llenaba la
habitación. Sintió náuseas que le subían a la garganta, náuseas por todo. De repente, ella abrió la
ventana. El aire irrumpió en la sala; por encima
de los hombros de ella, levemente estremecidos,
se alzaba el cielo azul de marzo y las nubes blancas acariciaban su cabello.

—Mira—dijo en voz más baja—, ¡mira afuera! Solamente una vez, te lo pido por favor. Tal
vez lo que digo no sea del todo cierto. En realidad, las palabras siempre yerran el blanco. Pero
lo que se ve, eso sí que es verdad. Eso no mien-
te. Ahí abajo va un campesino detrás del arado;
es joven y fuerte. ¿Por qué él no se deja asesinar?
Porque su país no está en guerra, porque su campo se encuentra a seis palmos del otro lado, por
eso la ley no rige para él. Y ahora también tú estás en este país, de modo que tampoco rige para
ti. ¿Puede una ley que no se ve ser verdad, cuando sólo se extiende en un par de hitos, pero más
allá ya no tiene valor? ¿No te das cuenta de lo ab-
surdo que es al contemplar esta paz? Ferdinand,
mira qué claro está el cielo sobre el lago, los colo-

res, mira cómo están esperando a que uno se recree en ellos, acércate a la ventana y luego vuelve a decirme que te quieres marchar...

—¡Si es que no quiero! ¡No quiero en absoluto! ¡Lo sabes bien! ¿Por qué tengo que verlo otra vez? ¡Si lo sé todo, todo, todo! ¡No haces más que atormentarme! Cada palabra que dices me hace daño. ¡Y nada, nada, nada me ayuda, al contrario!

Ella se sintió desfallecer al contemplar su dolor. La compasión quebró su fuerza. Sin decir nada, se dio la vuelta.

—¿Y cuándo..., Ferdinand..., cuándo... tienes que acudir al consulado?

—¡Mañana! En realidad, ya tendría que haber ido ayer. Pero la carta no había dado conmigo. No ha sido hasta hoy cuando me han localizado. Tengo que acudir mañana.

—¿Y si no acudes mañana? Déjales que esperen. Aquí no te pueden hacer nada. No tenemos ninguna prisa. Déjales que esperen ocho días. Yo les escribiré para decirles que estás enfermo, que te encuentras en cama. Mi hermano lo hizo así y de ese modo ganó catorce días. En el peor de los casos, no te creerán y mandarán al médico del consulado aquí arriba. Tal vez con él se pueda hablar. Los hombres que no llevan uniforme son siempre más humanos. Tal vez vea tus cuadros y comprenda que el lugar de alguien como tú no está en el frente. Y aunque no sirva de nada, por lo menos habremos ganado ocho días.

Él callaba y ella sentía que el silencio iba en su contra.

—¡Ferdinand, prométeme que no irás mañana mismo! Déjales que esperen. Uno tiene que prepararse interiormente. Ahora estás alterado y harán contigo lo que quieran. Mañana serían los más fuertes. Dentro de ocho días lo serás tú. Piensa en los días felices que pasaremos hasta entonces. Ferdinand, Ferdinand, ¿me estás oyendo?

Y lo zarandeó. Él le dirigió una mirada vacía. No vio ni una sola de sus palabras en esta mirada perdida e indiferente, sólo espanto y miedo de una profundidad que ella no conocía. Volvió en sí muy poco a poco.

—Tienes razón—dijo al final—. Tienes razón. En realidad no corre ninguna prisa. ¿Qué es lo que me pueden hacer? Tienes razón. Definitivamente no iré mañana. Y tampoco pasado mañana. Tienes razón. ¿Es que la carta ha tenido que llegar a mis manos precisamente hoy? ¿Es que no puedo haber salido a hacer una excursión? ¿Es que no puedo estar enfermo? No…, le he firmado al cartero. Pero no importa. Tienes razón. ¡Hay que reflexionar! Tienes razón. ¡Tienes razón!

Se había levantado y empezó a ir de un lado a otro de la habitación.

—Tienes razón, tienes razón —repetía mecánicamente, pero sin convicción alguna—. Tienes razón, tienes razón.

Completamente ausente, con total indiferencia, repetía una y otra vez aquellas palabras. Ella notó que los pensamientos de él estaban en otra parte, muy lejos de allí, que nunca se liberarían del otro lado, que nunca se apartarían de su funesto destino. No podía seguir escuchando aquel eterno «tienes razón, tienes razón», lo único que salía de sus labios. Abandonó la estancia en silencio y siguió oyéndolo ir y venir de un lado a otro durante horas como un preso en su calabozo.

Ferdinand tampoco tocó la cena por la noche. Tenía un aire ausente, embobado. Y sólo al acostarse, cuando lo tuvo a su lado, ella sintió lo vivo del miedo que había en él; se agarraba con todas sus fuerzas a su cuerpo blando y cálido, como si quisiera refugiarse en él, la estrechaba contra sí ardientemente, estremeciéndose. Pero ella sabía que no era amor, sino una forma de huir. Era un reflejo convulso, y bajo sus besos notó una lágrima, amarga y salada. Luego siguió acostado sin decir nada. De vez en cuando, ella lo oía gemir. Entonces le tendió la mano y él la agarró como si pudiera sostenerse con ella. No hablaban; sólo una vez que ella lo oyó sollozar intentó consolarlo:

—Todavía tienes ocho días. No pienses en ello.

Pero se avergonzó de sí misma al aconsejarle que pensara en otra cosa, porque notaba en el frío de su mano, en el pulso alterado de su corazón, que estaba imbuido y dominado por este único pensamiento y que ni un milagro lo libraría de él.

Jamás el silencio, jamás la oscuridad habían resultado tan opresivos en esa casa. El horror del mundo entero se condensaba frío entre esas paredes. El reloj era lo único que seguía adelante imperturbable, el férreo centinela en su puesto de guardia paseando a un lado y a otro, alternando su tictac, y ella sabía que, con cada paso, el hombre, el hombre vivo y amado que tenía a su lado, se le hacía más lejano. No lo pudo soportar más, se levantó de un salto y detuvo el péndulo. Ahora ya no había tiempo, sólo horror y silencio. Ambos velaron mudos hasta el nuevo día, acostados uno al lado del otro, mientras su pensamiento daba vueltas alternando con el tictac de su corazón.

Todavía reinaba la penumbra en aquel amanecer invernal. La helada flotaba sobre el lago en forma de espesos velos de escarcha cuando él se levantó. Se puso rápidamente la ropa y recorrió acelerado, vacilante e inseguro las habitaciones de un lado a otro de la casa, hasta que de repente echó mano del sombrero y del abrigo, y abrió silenciosamente la puerta de la calle. Más tarde recordaría muchas veces el temblor de su mano al apoyarse sobre el cerrojo congelado, dándose la vuelta con timidez para ver si alguien lo espiaba. Y, efectivamente, el perro saltó sobre él como si se tratase de un ladrón que intentara escaparse, pero al reconocerlo agachó la cabeza suavemente bajo sus caricias, y luego se puso a dar vueltas a su alrededor meneando el rabo como un loco, deseoso de acompañarlo. Pero él lo ahuyentó con la mano…, no se atrevía a hablar. Luego, sin ser consciente de su prisa, se encontró de repente bajando a toda velocidad por el camino del vallado. De cuando en cuando todavía se detenía, volvía la vista atrás hacia la casa que se iba perdiendo en la niebla conforme avanzaba, pero luego se forzaba a seguir, corría, tropezaba con las piedras como si alguien lo persiguiera, descendiendo camino de la estación, adonde llegó sin parar entre el vaho que desprendían sus ropas húmedas y con la frente sudorosa.

Había allí un par de campesinos y gente humilde que lo conocían. Lo saludaron, a ninguno de ellos le pareció que pudiera molestarle que entablaran conversación, pero él se mostró retraído. Ahora sentía un embarazoso temor ante la idea de tener que hablar con otras personas y, sin embargo, le hacía mal esta espera vacía ante las vías mojadas. Sin saber lo que hacía, se subió a la báscula, echó una moneda, se miró la cara pálida bañada en sudor en el pequeño espejo que había sobre la aguja y, sólo cuando se bajó y la moneda tintineó al caer dentro, se dio cuenta de que había olvidado mirar su peso.

—Estoy loco, completamente loco—murmuró en voz muy baja.

Se horrorizó ante sí mismo. Sentado en un banco, intentó obligarse a pensar con claridad en todo aquello. Pero en ese momento muy cerca de él repiqueteó la campana que daba las señales y se sobresaltó. La locomotora venía aullando a lo lejos. El tren entró resoplando estrepitosamente; él se precipitó en un compartimiento. Un periódico sucio yacía tirado en el suelo. Lo recogió y se quedó mirándolo fijamente sin saber lo que leía, sólo veía sus propias manos que lo sostenían y que cada vez temblaban más.

El tren se detuvo. Zúrich. Se apeó vacilante. Sabía adónde lo arrastraba aquella fuerza y sintió que su propia voluntad se rebelaba, pero siempre más débil. De cuando en cuando todavía ponía a prueba a su albedrío. Se colocó delante de un cartel y se obligó a leerlo de arriba abajo para demostrarse que podía elegir libremente.

—No tengo ninguna prisa en absoluto—se dijo a media voz, pero cuando aún estaba susurrando aquellas palabras entre dientes, se vio arrancado de allí.

Este ardiente nerviosismo, esta acuciante impaciencia actuaba en él como un motor que lo impulsaba a avanzar. Indefenso, buscó a su alrededor un coche. Las piernas le temblaban. En ese instante pasaba uno a su lado; lo llamó. Se lanzó dentro como un suicida al río y aún tuvo fuerzas para mencionar aquel nombre: la calle del consulado.

El coche salió zumbando. Él se recostó en el asiento, con los ojos cerrados. Era como el zumbido que se oye al caer en un abismo, y sin embargo sentía una ligera voluptuosidad por la velocidad con la que el vehículo lo arrastraba hacia su destino. Se encontraba bien asistiendo pasivamente a todo aquello. El coche ya se detenía. Se apeó, pagó y subió en el ascensor, de algún modo volvió a experimentar la misma sensación de placer al verse llevado y elevado tan mecánicamente, como si no fuese él mismo quien hacía todo aquello sino ese poder desconocido e intangible que lo forzaba.

La puerta del consulado estaba cerrada. Llamó. No obtuvo respuesta. Sintió un escalofrío: ¡atrás, fuera, rápido, escaleras abajo! Pero volvió a llamar. Oyó dentro los pasos de alguien que se acercaba lentamente arrastrando los pies. Un sirviente en mangas de camisa abrió ceremonioso con el trapo del polvo en la mano. Evidentemente, era el encargado de arreglar los despachos.

—¿Qué desea…?—le espetó ásperamente.

—Vengo al consulado… Yo…, a mí me han citado.

Balbuceó aumentando su vergüenza al tartamudear ante el sirviente.

Éste se dio la vuelta con arrogancia mostrándose ofendido.

—¿Es que no sabe leer lo que dice la placa de abajo?: «Horario de oficina: de 10 a 12». Ahora no hay nadie.

Y sin esperar más cerró la puerta.

Ferdinand se quedó allí de pie; un estremecimiento recorrió su cuerpo. Una infinita vergüenza sepultó su corazón. Miró el reloj. Eran las siete y diez.

—¡Loco! Estoy loco—balbuceó. Y bajó temblando las escaleras como un anciano.

Dos horas y media… Aquel tiempo muerto le parecía espantoso, pues con cada minuto de espera sentía que se le escapaba de las manos parte de su fuerza. Había llegado tenso y dispuesto a lo que fuera, lo había calculado todo con antelación, había colocado cada palabra en su sitio, ya había proyectado interiormente la escena entera, y ahora entre él y la fuerza de que había hecho acopio caía este telón de acero de dos horas. Sintió horrorizado cómo todo el ardor que guardaba dentro se hacía humo, cómo las palabras se borraban de su memoria una a una, cómo se abalanzaban unas sobre otras y chocaban entre sí en su nerviosa huida.

Había pensado lo siguiente: acudiría al consulado y haría que le anunciaran inmediatamente al agregado para asuntos militares, con el que había coincidido fugazmente en cierta ocasión.

Una vez se lo habían presentado en casa de unos amigos y había hablado con él sobre cosas sin importancia. Con todo, conocía a su adversario, un aristócrata elegante, hombre de mundo, celoso de su honestidad, al que le gustaba actuar de forma magnánima y ponía cuidado en no parecer un simple funcionario. Es cierto que esta aspiración la compartían todos, querían ser tratados como diplomáticos, como grandes personalidades, y aquí es donde tenía pensado actuar: anunciarse, mostrarse sociable y cortés, hablar primero de cuestiones generales e interesarse por su señora esposa; seguro que el agregado le ofrecería asiento y un cigarrillo, y luego, por fin, ante su silencio, le preguntaría educadamente:

—¿En qué puedo servirle?

Era el otro quien tenía que preguntarle, eso era importante y no había que olvidarlo. Y él le respondería, con toda frialdad e indiferencia:

—He recibido un escrito de ustedes pidiéndome que me presente en M. para someterme a un examen médico. Sin duda se trata de un error, porque en su día fui declarado expresamente no apto para el servicio.

Tendría que decirlo con toda frialdad, para dejar patente al instante que consideraba todo aquel asunto como algo anecdótico. A continuación, el agregado—ya conocía su estilo displicente—cogería el papel y le explicaría que allí se hablaba de un nuevo examen, que tendría que haber leído el requerimiento en los periódicos tiempo atrás y que incluso los que en su día habían sido dispensados del servicio estaban obligados a presentarse de nuevo. A lo que él respondería encogiéndose de hombros y manteniendo siempre una absoluta frialdad:

—¡Ah, es eso! Es que no leo los periódicos, no tengo tiempo. He de trabajar.

El otro notaría enseguida lo indiferente que le era la guerra, lo libre e independiente que se sentía. Como es natural, el agregado le explicaría entonces que debía cumplir con aquel requerimiento, aunque personalmente lo sintiera mucho, ya que las autoridades militares etcétera... Ahora, llegado a ese punto, sería el momento de mostrarse enérgico.

—Entiendo—tendría que decir—, pero ahora me resulta completamente imposible interrumpir mi trabajo. He acordado con alguien montar una exposición general de mis cuadros y no puedo dejar a esa persona en la estacada. He empeñado mi palabra.

Y a continuación propondría al agregado que o bien le concediera una prórroga o que un médico del consulado lo sometiera a un nuevo examen allí mismo.

Hasta aquí todo estaba absolutamente claro; en cambio, a partir de ese punto se deslindaban dos posibilidades: que el agregado accedería a ello sin más, en cuyo caso por lo menos habría ganado tiempo o, si no, que con esa cortesía fría, esquiva y repentinamente oficial, manifestara que lo que le planteaba estaba más allá de su competencia y resultaba improcedente, ante lo cual se imponía actuar con decisión. Tendría que levantarse de inmediato, acercarse a la mesa y decir con voz firme, con una completa y total seguridad, con una determinación que brotara de lo más íntimo, imposible de doblegar:

—Me doy por enterado, pero le ruego que tenga en cuenta, y quiero que así conste, que he de saldar ciertas obligaciones de índole económica, por lo que me será imposible atender de forma inmediata a este llamamiento a filas, y que lo demoraré bajo mi responsabilidad tres semanas, hasta que haya cumplido con esta exigencia moral. Naturalmente, no pienso sustraerme a mi deber patriótico.

Se sentía especialmente orgulloso de estas frases cuidadosamente elaboradas: «Le ruego que tenga en cuenta, y quiero que así conste», «obligaciones de índole económica»..., sonaba todo tan objetivo y oficial. En caso de que el agregado le llamase la atención sobre las consecuencias jurídicas de su decisión, sería el momento de subir aún más el tono y despachar el tema con frialdad:

—Conozco la ley y soy consciente de las consecuencias jurídicas. Pero la palabra dada es para mí la suprema ley y para cumplirla estoy dispuesto a arrostrar cualquier penalidad.

Entonces se despediría con una ligera reverencia cortando en seco la conversación para dirigirse a la puerta. ¡Tenían que ver que él no era un empleado ni un aprendiz, que espera hasta que se le despide, sino alguien que decide por sí mismo cuándo una conversación ha llegado a su fin!

Tres veces se repitió a sí mismo aquella escena mientras iba y venía de un lado a otro. La estructura global, el tono le complacían sobremanera, ya estaba impaciente aguardando que llegase la hora como el actor espera la palabra que le va a dar entrada. Sólo había un fragmento que aún no le cuadraba del todo: «No pienso sustraerme a mi deber patriótico». Era necesario introducir algún tipo de referencia patriótica en la conversación, necesaria para que se viera que no era reticente a cumplir con el deber, sino que no estaba en disposición de hacerlo; en realidad reconocía—naturalmente, sólo ante ellos—la existencia de tal obligación, pero no la hacía suya. «Deber patriótico…», la expresión, sin embargo, resultaba demasiado oficialista, demasiado redicha. Meditó. Tal vez: «Sé que la patria me necesita». No, eso sonaba todavía más ridículo. O mejor: «No tengo intención de sustraerme a la llamada de la patria». Eso parecía más adecuado. Y, sin embargo, el pasaje no acababa de gustarle. Era demasiado servil, era pasarse de reverente. Siguió reflexionando. Lo mejor era apostar por lo más simple: «Sé cuál es mi deber…», sí, eso era lo correcto, tenía su sentido de cara adentro y de cara afuera, se podía entender o malentender. Y sonaba conciso y claro. Se podía decir con un tono absolutamente dictatorial: «Sé cuál es mi deber…», casi como una amenaza. Ahora todo estaba perfecto. Y sin embargo siguió mirando nervioso el reloj. El tiempo no quería avanzar. No eran más que las ocho.

La calle lo arrastraba de un sitio para otro, no sabía adónde ir. Así que entró en un café e intentó leer los periódicos. Pero sintió que las palabras le molestaban, en todas partes se hablaba de patria y deber, también en aquel diario, y sus frases desbarataban la idea que se había formado sobre lo que tenía que decir. Se bebió un coñac y luego otro más para quitarse el sabor amargo que tenía en la garganta. Crispado, pensó en cómo podría acortar el tiempo y al hacerlo volvió a exprimir los retazos de la conversación imaginaria. De repente se llevó la mano a la mejilla.

—¡Sin afeitar, si estoy sin afeitar!

Cruzó apresuradamente a la peluquería, se lavó y cortó el cabello; así consumió media hora de espera. Y luego se le ocurrió que debía presentarse con un aspecto elegante. En lugares como éste tenía su importancia. Sólo se mostraban arrogantes con pobres diablos a los que trataban groseramente, pero cuando uno aparecía con un porte distinguido, como un hombre de mundo, sutil, entonces cambiaban inmediatamente de actitud. La idea lo embargó. Se hizo cepillar la chaqueta, fue a comprarse zapatos. Meditó largo tiempo su elección. Amarillos tal vez fuesen demasiado provocativos, parecería un pisaverde recién salido de unas galerías de moda; un discreto gris perla iría mejor. Luego volvió a vagar por la calle.

Se miró en el espejo de una sastrería, se arregló la corbata. La mano estaba aún demasiado vacía, un bastón de paseo, se le ocurrió, eso da a una visita un aire casual, un poco indiferente. Volvió a cruzar rápidamente y escogió uno. Cuando salió de la tienda, el reloj de la torre daba las diez menos cuarto. Dio otro repaso a la lección que había aprendido de memoria. Excelente. La nueva versión con lo de «¡sé cuál es mi deber!» era ahora el pasaje más enérgico. Absolutamente seguro, absolutamente decidido salió para el consulado y subió corriendo las escaleras, ágil como un muchacho.

Un minuto más tarde, en cuanto el ordenanza de servicio le abrió la puerta, se quedó paralizado al ver que dentro de él afloraba de repente la sensación de que sus cálculos podían estar equivocados. Nada ocurrió como esperaba. Cuando preguntó por el agregado, le indicaron que el señor secretario tenía visita. Debía esperar. Y un gesto poco cortés le señaló un sillón en una fila donde ya estaban sentados otros tres con cara abatida. Sin quererlo, tomó asiento; le desagradó comprobar que allí no era más que un tema pendiente, un trámite, un caso más. Los que tenía al lado se contaban unos a otros sus pequeñas historias; uno, con voz llorosa y totalmente abatida, que había pasado dos años internado en Francia y que no le querían adelantar dinero para el viaje a casa; el otro se quejaba de que en ninguna parte se ofrecían a ayudarle proporcionándole un puesto y tenía tres hijos. Ferdinand temblaba de rabia en su interior: lo habían sentado en un banco de solicitantes y observó que la actitud desolada y, sin embargo, protestona de aquellos personajes le irritaba de algún modo. Quería repasar mentalmente la conversación una vez más, pero estas estúpidas charlas se cruzaban con sus pensamientos. Le hubiera gustado gritarles: «¡Callaos, chusma!» o sacar dinero del bolsillo y mandarlos a casa, pero su voluntad estaba totalmente paralizada y, con el sombrero en la mano como todos, siguió sentado a su lado. Además, le perturbaba el eterno trasiego de gente que salía y entraba por la puerta, a cada momento le asaltaba el temor de que un conocido pudiera verlo allí, en el banco de los solicitantes, y en cuanto se abría la hoja de la puerta algo daba un vuelco en su interior intuyendo tal encuentro, para volver a retraerse tras el desengaño. Cada vez tenía más claro que debía marcharse cuanto antes, huir rápidamente antes de que las energías se le escaparan por completo de las manos. Una vez hizo acopio de valor y con un supremo esfuerzo se puso en pie y le dijo al ordenanza que estaba junto a ellos como un centinela:

—Puedo volver mañana.

Pero el ordenanza lo tranquilizó.

—El señor secretario quedará libre en un momento.

Y las rodillas se le doblaron en el acto. Estaba prisionero allí, sin poder ofrecer resistencia alguna.

Por fin, una dama salió armando un gran revuelo. Sonriente y vanidosa, pasó de largo ante los que esperaban dedicándoles una altiva mirada mientras el ordenanza ya llamaba al siguiente:

—El señor secretario ya está libre.

Ferdinand se levantó, se dio cuenta demasiado tarde de que había dejado el bastón de paseo y los guantes sobre el alféizar de la ventana, pero ya no podía volver, la puerta estaba abierta, así que mirando atrás de soslayo y confuso al ver cómo sus pensamientos confrontaban con el exterior, pasó dentro. El agregado estaba sentado en el escritorio leyendo, en ese momento levantó la mirada fugazmente, le hizo una seña de asentimiento con la cabeza y, sin invitarle a tomar asiento mientras esperaba, sonrió con fría cortesía.

—¡Ah, nuestro *magister artium*! Un momento, un momento—se levantó y habló con la habitación de al lado—. Por favor, el expediente de Ferdinand R..., el que se tramitó anteayer, ya sabe usted, un llamamiento a filas remitido al interesado. —Y, sentándose de nuevo, añadió—: ¡También usted nos deja! Bueno, espero que haya disfrutado de una agradable estancia aquí, en Suiza. Por lo demás, tiene usted un aspecto magnífico.

Y ya con los papeles que le había llevado el escribiente, mientras pasaba las hojas descuidadamente, anunció:

—Incorporación a filas a instancias de M., sí..., sí..., eso es.... Todo en orden... Ya he hecho que le extiendan los documentos... Seguramente no solicitará el abono de los costes del viaje, ¿no es cierto?

Ferdinand estaba de pie indeciso, pero oyó balbucir a sus labios:

—No..., no.

El agregado firmó la hoja y se la entregó.

—En realidad tendría usted que partir mañana mismo, pero seguramente no haga falta marcharse tan en caliente. Deje que se sequen los colores de su última obra maestra. Si necesita uno o dos días más para poner en orden sus asuntos, eso corre de mi cuenta. A la patria no le importará en absoluto.

Ferdinand se dio cuenta de que era un chiste del que había de reírse y sintió con íntimo espanto que, en efecto, sus labios se contraían educadamente. «Decir algo, tengo que decir algo ahora», se repetía en su interior, «no quedarme aquí tieso como un palo», y después de mucho batallar lo que le salió fue:

—¿Basta con la orden de alistamiento…, no necesito además… un pasaporte?

—No, no—el agregado sonrió—, no le pondrán ninguna dificultad en la frontera. Por otra parte, ya saben que llega. Bien, ¡buen viaje!

Le tendió la mano. Ferdinand sintió que lo despedían. La oscuridad se cerró ante sus ojos, buscó a tientas la puerta apresuradamente, el asco lo ahogaba.

—Por la derecha, por favor, por la derecha —dijo la voz detrás de él.

Se había dirigido hacia la puerta equivocada y, con una leve sonrisa, por lo menos eso creyó entrever en medio de la oscuridad que envolvía sus sentidos, el agregado se había acercado a abrirle la puerta de salida correcta.

—Gracias, gracias... Por favor, no se moleste—llegó incluso a balbucir, enfureciéndose consigo mismo por su innecesaria cortesía.

Y en cuanto estuvo fuera, mientras el ordenanza le tendía el bastón y los guantes, se le ocurrió pensar: «Obligaciones de índole económica», «le ruego que tenga en cuenta, y quiero que así conste». Se avergonzó como nunca antes en su vida: ¡incluso le había dado las gracias, se lo había agradecido cortésmente! Pero sus sentimientos ni siquiera llegaron a convertirse en rabia. Bajó los escalones pálido y sólo sintió que ya no era él mismo quien caminaba. Era aquella fuerza extraña, inmisericorde, la que lo tenía, la que había pisoteado un mundo entero con sus pies.

No llegó a casa hasta última hora de la tarde. Las plantas de los pies le ardían, había vagado sin rumbo durante horas e incluso había retrocedido por tres veces ante su propia puerta; finalmente intentó entrar a escondidas desde atrás, por los viñedos, por un camino escondido. Pero su fiel perro lo descubrió. Saltó sobre él ladrando desenfrenado y meneando la cola apasionadamente a su alrededor. Su mujer estaba de pie en la puerta; Ferdinand notó a primera vista que lo sabía todo. Entró detrás de ella sin decir una palabra, la vergüenza pesaba sobre su espalda.

Pero no fue dura con él. No se le quedó mirando, evidentemente evitaba atormentarlo. Puso algo de carne fría en la mesa y, cuando él se sentó obediente, ella se colocó a su lado.

—Ferdinand—dijo, su voz temblaba mucho—, estás enfermo. Ahora no se puede hablar contigo. No quiero hacerte ningún reproche, ahora no actúas como la persona que eres, y me doy cuenta de lo que estás sufriendo; pero prométeme una cosa: que no harás nada en relación con este asunto sin consultarme antes.

Él callaba. La voz de ella se alteró.

—Jamás me he inmiscuido en tus asuntos personales, puedo presumir de haberte dejado completa libertad en tus decisiones, pero ahora no estás jugando sólo con tu vida, sino también con la mía. Nos ha costado años conseguir esta felicidad y no voy a dejarla escapar tan fácilmente como tú, no se la entregaré al Estado, ni al asesinato, ni a tu vanidad y tu debilidad. ¡A nadie, óyeme, a nadie! Si tú eres débil frente a ellos, yo no lo soy. Sé de lo que se trata y no voy a ceder.

Él seguía callado, y su silencio forzado, culpable, acabó llenándola de pesadumbre.

—No dejaré que me arrebaten nada por un pedazo de papel, no reconoceré ninguna ley que lleve al asesinato. No inclinaré la cerviz por razón de la autoridad. A vosotros, los hombres, os han corrompido las ideologías, pensáis en política y en ética; nosotras, las mujeres, todavía sentimos con el corazón. Yo también sé lo que significa la patria, pero además me doy cuenta de en qué se ha convertido hoy: asesinato y esclavitud. Se puede pertenecer a un pueblo, pero cuando los pueblos se vuelven locos, no hay por qué seguirlos. Si para ellos no eres más que una cifra, un número, una herramienta, carne de cañón, yo todavía te siento como un hombre vivo, y no consentiré que te lleven. No te entregaré. Jamás me he atrevido a decidir por ti, pero ahora es mi deber protegerte; hasta ahora todavía eras un hombre, mayor de edad, estaba claro que sabías lo que querías; ahora ya no eres más que una máquina programada para el deber tan destruida y hecha pedazos, con la voluntad tan muerta como los millones de víctimas de ahí fuera. Se han valido de tus nervios para atraparte, pero se olvidaban de mí; jamás he sido tan fuerte como ahora.

Él seguía callado, indiferente, encerrado en sí mismo. No oponía resistencia alguna ni frente a ella ni frente a los otros.

Ella se irguió como alguien que se apresta a dar la batalla. Su voz era dura, enérgica, tensa.

—¿Qué te han dicho en el consulado? Quiero saberlo.

Era una orden directa. Él cogió la hoja con cansancio y se la entregó. Ella la leyó con el entrecejo fruncido y apretando los dientes. Luego la arrojó con desprecio sobre la mesa.

—¡Y los señores vienen con prisas! ¡Mañana mismo! Seguro que hasta les has dado las gracias, habrás dado un taconazo muy obediente. «A presentarse mañana». ¡Presentarse! Más bien a esclavizarse. ¡No, todavía no hemos llegado a eso! ¡Pues no faltaba más!

Ferdinand se levantó. Estaba pálido y su mano se agarraba convulsa al sillón.

—Paula, no nos engañemos. ¡Ya ha llegado! Uno no puede escapar de sí mismo. He intentado defenderme. No funcionó. Yo soy exactamente… esta hoja. Y aunque la haga pedazos, seguiré siendo yo. No me lo pongas difícil. En realidad, aquí no sería libre. Sentiría en todo momento algo que me llama desde el otro lado, que me busca a tientas, que tira de mí y me arrastra. Al otro lado me resultará más fácil; volveré a ser libre hasta en las mismas mazmorras. Mientras uno sigue fuera y se siente fugitivo, no es libre. Y además, ¿por qué ponerse en lo peor ya de entrada? La primera vez me mandaron a casa, ¿por qué esta vez no? O a lo mejor no me dan armas, incluso estoy seguro de que me asignarán algún servicio sencillo. ¿Por qué ponerse en lo peor ya desde ahora? Tal vez ni siquiera sea tan peligroso al fin y al cabo, tal vez salga todo bien y tenga suerte.

Ella se mantuvo firme.

—Ahora ya no se trata de eso, Ferdinand. No se trata de si te asignan un servicio fácil o difícil, sino de si tienes que prestar servicio a alguien de quien abominas, si quieres colaborar a pesar de tus convicciones en el mayor crimen del mundo. Porque todo el que no se niega se convierte en colaborador. Y tú puedes negarte, por eso debes hacerlo.

—¿Que puedo? ¡Yo no puedo hacer nada! Todo lo que antes me hacía fuerte, mi asco, mi odio, mi rabia contra este sinsentido, ahora me desmoraliza. No me atormentes, te lo ruego, no me atormentes, no me digas eso.

64

—No es que yo te lo diga. Tú mismo has de decirte que no tienen derecho alguno sobre la vida de un hombre.

—¡Derecho! ¡Derecho, dices! ¿Dónde queda ahora derecho en el mundo? Los hombres lo han liquidado. Cada individuo tiene su derecho, pero ellos, ellos tienen el poder, y ahora eso lo es todo.

—¿Por qué tienen el poder? Porque se lo dais. Sólo tendrán el poder mientras sigáis siendo unos cobardes. Todo esto que a la humanidad le parece ahora tan monstruoso no son más que diez hombres con firme voluntad en cada uno de sus países, y otros diez hombres pueden destruirlo a su vez. Un hombre, un único hombre que se afirma en su vida y lo niega acaba con el poder. Pero mientras os inclinéis y digáis «¡A lo mejor me libro!», mientras os apartéis para esquivar el golpe y prefiráis escapar de entre sus dedos en lugar de darles en el corazón, seréis siervos y no mereceréis nada mejor. Uno no se puede rebajar a arrastrarse cuando es un hombre; ha de decir «no», ése es el único deber de hoy y no el de dejarse llevar al matadero.

—Pero, Paula…, ¿qué es lo que piensas… que tengo que…?

—Tienes que decir «no» cuando tu interior

dice que no. Sabes que amo tu vida, amo tu libertad, amo tu trabajo, de modo que si hoy me dices, mira, tengo que pasar al otro lado para hacer justicia con un revólver, y yo sé que debes hacerlo, entonces te diré: ¡vete!; pero si vas por una mentira en la que ni tú mismo crees, por debilidad y nerviosismo, y con la esperanza de librarte, entonces te desprecio, sí, ¡te desprecio! Si quieres ir, ser el hombre que se sacrifica por la humanidad, por aquello en lo que cree, entonces no te retengo; pero para ser una bestia entre bestias, esclavo entre esclavos, no, y me enfrentaré a ti. Uno puede sacrificarse por sus propias ideas, pero no por la locura de los demás. Que mueran por la patria los que crean en ella...

—¡Paula!—dijo levantándose sin querer.

—¿Te estoy hablando con demasiada franqueza? ¿Notas ya el bastón del sargento detrás de ti? ¡No temas! Todavía estamos en Suiza. Te gustaría que me callase o que te dijera que no va a pasarte nada, pero ahora ya no queda tiempo para sentimentalismos. Ahora nos lo jugamos todo, también a ti y a mí.

—¡Paula!—intentó interrumpirla de nuevo.

—No, ya no siento compasión por ti. Te elegí y te amé como hombre libre. Y yo desprecio a los debiluchos y a los que se mienten a sí mismos. ¿Por qué habría de sentir compasión? ¿Qué soy yo ahora para ti? Un sargentón llena de garabatos un pedazo de papel y ya me estás arrojando de tu lado y corriendo en pos de él, pero yo no dejaré que me eches para luego olvidarlo y volver a empezar: ¡decídete ahora! ¡O ellos o yo! ¡O los desprecias a ellos o me desprecias a mí! Sé que vendrán tiempos duros para ambos si te quedas, jamás volveré a ver a mis padres ni a mis hermanos, nos vetarán el regreso, pero lo acepto si tú estás conmigo; sin embargo, si ahora nos separas, será para siempre.

Él sólo gemía, pero ella lanzaba chispas furiosa y firme.

—¡O ellos o yo! ¡No hay una tercera posibilidad! Ferdinand, recapacita mientras todavía hay tiempo. Muchas veces me he quejado de que no tuviéramos hijos. Ésta es la primera vez que me alegro de ello. No quiero el hijo de un debilucho y tampoco criar huérfanos de guerra. Nunca he apostado más por ti que ahora que te lo pongo tan difícil. Pero te digo que esto no es un juego. Esto es una despedida. Si me dejas para alistarte, para seguir a esos asesinos uniformados, no habrá vuelta atrás. No te compartiré con criminales, no compartiré a un hombre con ese vampiro, el Estado. Él o yo... ahora tienes que elegir.

Él se levantó temblando cuando ella ya caminaba hacia la puerta y la cerraba de golpe tras de sí. La estruendosa sacudida le subió hasta las rodillas. Tuvo que sentarse hundiéndose en sí mismo, sin voluntad y sin saber qué hacer. La cabeza le caía sin fuerzas sobre los puños cerrados. Y por fin estalló: lloró como un niño pequeño.

Ella no volvió a entrar en la habitación en toda la tarde, pero él sentía su enconada voluntad esperando fuera, a la defensiva. Y, a la vez, notaba aquella otra voluntad que lo arrancaba de sí mismo introduciéndole un frío torno bajo el pecho. De vez en cuando intentaba reflexionar separando las diferentes cuestiones, pero las ideas se le escapaban, y mientras estaba sentado absorto y aparentemente pensativo, la poca calma que le quedaba se deshizo en un ardiente nerviosismo. Sintió los dos extremos de su vida presos de unas fuerzas sobrehumanas que intentaban desgarrarla y sólo deseaba que se rompiera por la mitad.

Para ocuparse en algo, revolvió en los cajones, rasgó cartas, vagó por otras con la mirada perdida sin entender una palabra, caminó haciendo eses por la habitación, volvió a sentarse para incorporarse de nuevo lleno de inquietud o dejarse caer de cansancio. Y, de repente, se sorprendió a sí mismo recogiendo lo más necesario para el viaje, sacando la mochila de debajo del sofá, y contempló absorto cómo sus manos hacían todo aquello deliberada y metódicamente, pero ajenas a su voluntad. Empezó a temblar cuando se encontró de repente con la mochila preparada sobre la mesa y sintió su peso sobre los hombros como si ya cargara sobre ellos con todo el lastre de la época.

La puerta se abrió. Su mujer entró con la lámpara de petróleo en la mano. Al dejarla sobre la mesa, su redondo fulgor osciló sobre la mochila ya preparada. Entonces aquella velada bajeza surgió súbitamente de la oscuridad iluminándose. Él balbuceó:

—Es sólo por si acaso… Todavía tengo tiempo… Yo…

Pero una mirada gélida, turbia, de piedra cayó sobre sus palabras y las aplastó. Ella se quedó observándolo fijamente durante algunos minutos, apretando los labios con los dientes de una forma espantosa. Inconmovible al principio y vacilando después como si hubiera tenido un leve desvanecimiento, clavó su mirada en él. En sus labios se resolvió la tensión; no obstante, se dio la vuelta, un escalofrío le recorrió los hombros y, sin girarse, se marchó dejándolo allí.

Minutos más tarde entró la doncella trayendo comida sólo para él. El lugar que ella acostumbraba a ocupar a su lado permaneció vacío y, cuando embargado por un sentimiento equívoco levantó la vista, reconoció un símbolo espantoso: la mochila yacía apoyada en el sillón. Era como si ya se hubiera marchado, como si se hubiera ido, como si hubiera muerto para esta casa: las paredes que el círculo de luz de la lámpara no alcanzaba permanecían oscuras y fuera brillaban luces extrañas, más allá de las cuales se cernía la noche que traía el viento cálido del sur. Todo estaba tranquilo en la distancia, y la alta bóveda del cielo que caía sobre las profundidades soportando una tensión indescriptible no hacía más que multiplicar el sentimiento de soledad. Sintió cómo, pieza a pieza, todo lo que había a su alrededor, casa, paisaje, obra y mujer morían en él, cómo el amplio aliento de su vida se agotaba de repente y oprimía su corazón palpitante. Sintió la necesidad de recibir amor, palabras bondadosas, cálidas. Se sintió dispuesto a ceder a todo lo que le pidieran, sólo por escabullirse y volver de algún modo al pasado. La nostalgia prevalecía sobre aquella estremecedora inquietud, y el grandioso sentimiento que nacía de la partida se extinguió en una infantil nostalgia que anhelaba una pequeña ternura.

Fue a la puerta y tocó levemente el picaporte. No se movió. Estaba atrancada. Llamó tímidamente. Ninguna respuesta. Volvió a llamar. Su corazón palpitaba al tiempo. Todo callaba. Entonces lo supo: había perdido irremediablemente este juego. Lo inundó el frío. Apagó la luz, se arrojó vestido en el sofá, se envolvió con la colcha: ahora todo su ser ansiaba precipitarse en el abismo, en el olvido. Volvió a escuchar con atención. Era como si hubiera percibido algo cerca de él. Aguzó el oído por ver si procedía de la puerta, pero se encontraba tan rígida como la madera. Nada. Dejó caer la cabeza de nuevo.

Entonces algo le rozó ligeramente desde abajo. Se sobresaltó por el susto, que se fundió al instante en una tierna emoción. El perro, que se había colado en la habitación al pasar la doncella y se había echado debajo del sofá, se apretó contra él y le lamió la mano con su cálida lengua. El cariño inconsciente del animal le caló muy hondo, porque venía de un universo ya extinguido, porque era lo último que aún le pertenecía de su pasada vida. Se inclinó hacia él y lo abrazó como a una persona. «Todavía queda algo en la tierra que me ama y no me desprecia», pensó, «para él todavía no soy una máquina, un instrumento para matar, no soy un débil voluntario, sino simplemente un ser con el que está hermanado por el amor». Acarició tiernamente con su mano la blanca piel una y otra vez. El perro se apretaba a él cada vez más, como si supiera de su soledad, ambos respiraban pausada y suavemente ante el sueño incipiente.

Al despertar se sintió fresco. Fuera, a través de la ventana, se reflejaba la claridad de una mañana resplandeciente: el viento cálido del sur se había llevado la oscuridad de las cosas, y sobre el lago brillaba el blanco contorno de la lejana cadena montañosa. Ferdinand se levantó de un salto, tambaleándose aún un poco por las horas que había pasado durmiendo, y cuando estuvo completamente despierto, su mirada cayó sobre la mochila atada. De repente le vino todo a la memoria, pero ahora ya casi no tenía peso a la luz del día.

—¿Para qué he preparado ese equipaje?—se dijo—. ¿Para qué? Si no pienso viajar. Ahora que está empezando la primavera quiero pintar. No hay tanta prisa. Él mismo me dijo que tenía algunos días de plazo. Ni siquiera un animal sale corriendo al banco del matarife. Mi mujer tiene razón: es un crimen contra ella, contra mí, contra todo. A fin de cuentas no puede pasarme nada. Tal vez un par de semanas de arresto si me incorporo a filas más tarde, pero ¿acaso el servicio no es lo mismo que la prisión? No tengo ambiciones sociales, claro que no, considero un honor el no haber obedecido en esta época de esclavitud. Ya no pienso en viajar. Me quedaré aquí. Primero quiero pintar el paisaje para recordar dónde fui feliz en otro tiempo y hasta que no cuelgue en su marco no me iré. No dejaré que me arrastren como a una res. No tengo ninguna prisa.

Tomó la mochila, le dio una vuelta y la lanzó a un rincón. Le llenó de placer notar su fuerza mientras lo hacía. Se sintió renovado y de este sentimiento brotó la necesidad de poner a prueba su voluntad. Cogió la nota de su cartera y la extendió para romperla.

Pero fue extraño, la magia de las fórmulas militares volvió a apoderarse de él. Empezó a leer: «Dispone usted...», aquellas palabras se adueñaron de su corazón. Eran como una orden que no admitía réplica. De algún modo sintió que empezaba a flaquear. Una vez más ascendió en su interior aquella fuerza desconocida. Sus manos comenzaron a temblar. La firmeza huyó. Sintió que de alguna parte llegaba un frío que le azotó como un golpe de viento, la inquietud aumentó, el acerado mecanismo de relojería de aquella voluntad ajena a él empezó a moverse, a tensar todos sus nervios y a oscilar incluso en sus articulaciones. Involuntariamente levantó la vista hacia el reloj. «Todavía dispongo de tiempo», murmuró, pero ni él mismo sabía ya a lo que se refería, si al tren de la mañana con destino a la frontera o al plazo que él mismo se había concedido. Y entonces volvió esa misteriosa atracción interior, el reflujo que lo arrastraba todo consigo, más fuerte que nunca, porque estaba venciendo su última resistencia, y junto con ella, el miedo, un miedo irracional a sucumbir. Supo que si en ese momento nadie lo apoyaba estaba perdido.

Buscó a tientas la puerta de la habitación de su mujer y escuchó con atención. Nada se movía. Llamó con los nudillos tímidamente. Volvió a llamar. De nuevo silencio. Tiró del picaporte con cautela. La puerta estaba abierta, pero la habitación se hallaba vacía, vacía, y la cama deshecha. Se asustó. La llamó por su nombre en voz baja y, cuando no hubo respuesta, alzó la voz con creciente inquietud: «¡Paula!», y entonces se puso a llamarla a grandes voces por toda la casa como un poseso: «¡Paula! ¡Paula! ¡Paula!». Nada cambió. Fue a tientas hasta la cocina. Estaba vacía. El espantoso sentimiento de estar perdido cobró fuerza en él mientras temblaba. Subió dando tumbos hasta el taller, sin saber lo que quería: despedirse o mantenerse al margen. Pero tampoco allí había nadie. Ni siquiera había rastro de su fiel perro. Todos lo habían dejado en la estacada, la soledad se abatió violentamente sobre él quebrando su última determinación.

Volvió a atravesar la casa vacía de camino a su habitación, agarró la mochila. De algún modo se sintió justificado ante sí mismo, considerando que se veía forzado a ceder ante aquella obligación.

—Es culpa de ella—se dijo—. Sólo culpa suya. ¿Por qué se ha marchado? Tendría que haber impedido que me fuera, era su deber. Habría podido salvarme de mí mismo, pero no quiso hacerlo. Ella me desprecia. Su amor se ha extinguido. Ha dejado que cayera y por eso caigo. ¡Y que mi sangre caiga sobre ella! Es culpa suya, no mía, sólo culpa suya.

Una vez más se giró hacia la casa. ¿No llegaría una llamada de alguna parte, una palabra de amor? ¿No había nada dispuesto a destrozar con los puños esta máquina de acero de la obediencia que estaba dentro de él? Pero nada habló. Nada llamó. Nada se mostró. Todo lo abandonaba y ya sentía cómo se precipitaba a un abismo sin fondo. Le asaltó la idea de si no sería mejor ir diez pasos más allá, junto al lago, y tirarse desde el puente hundiéndose en aquella gran paz.

Entonces, el reloj de la torre de la iglesia sonó fuerte y grave. Desde el luminoso cielo, en otro tiempo tan amado, descendió hasta él esta contundente llamada que lo empujó a levantarse como si recibiera un latigazo. Diez minutos más y vendría el tren, entonces todo habría pasado definitivamente, sin remedio. Diez minutos más, aunque él ya no sentía que fueran de libertad; como un perseguido, salió atropelladamente hacia delante, vaciló, se detuvo en seco, echó a correr y continuó jadeando por un miedo atroz a no llegar a tiempo, acelerando cada vez más, hasta que de repente se vio delante del andén y estuvo a punto de chocar con alguien que estaba bloqueando el paso en la barrera.

Sintió un escalofrío. La mochila cayó de su mano temblorosa. Era su mujer la que estaba ante él, pálida y con signos de haber pasado la noche en vela, observándolo con una mirada seria llena de tristeza.

—Sabía que vendrías. Hace tres días que lo sé. Pero no pienso abandonarte. Llevo esperando aquí desde por la mañana temprano, desde el primer tren, y esperaré aquí hasta el último. Mientras me quede aliento no te pondrán la mano encima. ¡Ferdinand, recapacita! Tú mismo lo has dicho, todavía hay tiempo, ¿por qué te ves tan apremiado?

Él la miró inseguro.

—Es sólo que… ya me han incluido en la lista… Me están esperando…

—¿Quién está esperándote? La esclavitud y la muerte, tal vez, ¡nadie más! ¡Despierta, Ferdinand, siéntelo, eres libre, completamente libre, nadie tiene poder sobre ti, nadie puede darte órdenes! ¿Me oyes? ¡Eres libre, eres libre, eres libre! Te lo diré mil veces, diez mil veces, cada hora, cada minuto, hasta que tú mismo lo sientas. ¡Eres libre! ¡Eres libre! ¡Eres libre!

—Te lo ruego—dijo él en voz baja, cuando dos campesinos que pasaban se giraron con curiosidad—, no hables tan alto. La gente está mirando...

—¡La gente! La gente—gritó ella airada—, ¿qué me preocupa a mí la gente? ¿De qué me servirán cuando yazcas muerto de un tiro o vuelvas a casa cojeando, hecho pedazos? Me río yo de la gente, de su compasión, de su amor, de su gratitud... Yo te quiero a ti como persona, una persona que vive libre. Te quiero libre, libre, como corresponde a un hombre, no como carne de cañón...

—¡Paula!

Intentó apaciguar su loco furor, pero ella siguió desahogándose.

—¡Deja ya ese cobarde temor estúpido! ¡Yo estoy en un país libre, puedo decir lo que quiera, no soy sierva de nadie y no te entregaré a la servidumbre! Ferdinand, si te marchas me arrojaré delante de la locomotora...

—¡Paula!

Él volvió a cogerla. Pero el rostro de ella se tornó de repente amargo.

—No—dijo ella—, no quiero mentir. Tal vez yo también sea demasiado cobarde. Millones de mujeres fueron demasiado cobardes cuando se llevaban a rastras a sus maridos, a sus hijos… ni una sola hizo lo que habría tenido que hacer. Estamos envenenadas por vuestra cobardía. ¿Qué haré yo si tú te marchas? Lloriquear y gemir, correr a la iglesia para rogar a Dios que te asignen un servicio sencillo… Y, luego, tal vez hasta ensañarme con aquellos que no han ido. Todo es posible en esta época.

—Paula—él agarraba sus manos—, ¿por qué me lo pones tan difícil cuando tiene que ser así?

—¿Es que tengo que ponértelo fácil? No, ha de resultarte difícil, infinitamente difícil, tan difícil como pueda. Aquí estoy: me tendrás que apartar del camino a la fuerza, con tus puños, tendrás que patearme con tus pies. No te soltaré.

La campana que daba las señales repiqueteó. Él se sobresaltó; pálido y agitado echó mano de su mochila. Pero ella ya le había arrancado el petate, lo tenía agarrado contra su cuerpo y se cruzó ante él.

—Dámelo—gimió él.

—¡Jamás! ¡Jamás!—jadeó ella porfiada.

Algunos campesinos se habían congregado a su alrededor y reían a grandes carcajadas. Acudieron volando atraídos por las voces, excitados y locos de contento; los niños que estaban jugando se acercaron a la carrera, pero los dos seguían peleándose con todas sus fuerzas y su saña por aquella mochila como si les fuera en ello la vida.

En ese instante resonó la locomotora; el tren entró resoplando con estrépito. De repente, él dejó la mochila y salió corriendo sin volver la vista atrás, con una endiablada rapidez, tropezando al pasar sobre las vías hasta llegar al tren y a un vagón dentro del cual se precipitó. Los de alrededor prorrumpieron en sonoras carcajadas; los campesinos aullaban alborozados con estentóreos gritos:

—Brinca, brinca, que va a por ti.

—Salta, salta, que te pilla—lo azuzaban para que siguiera adelante; aquellas risas restallando a su espalda aumentaron con su eco la vergüenza que sintió cuando el tren ya empezaba a rodar.

Ella estaba de pie, con la mochila en las manos, abrumada por las carcajadas de la gente y mirando fijamente el tren que desaparecía cada vez más rápido. No hubo ningún saludo de despedida desde la ventana, ninguna señal, y de repente las lágrimas nublaron su mirada y ya no vio nada más.

Estaba sentado en un rincón, agazapado en una esquina, sin atreverse a aventurar una mirada por la ventanilla ni siquiera ahora que el tren rodaba más rápido. Fuera todo pasaba volando, rasgándose en mil jirones por la velocidad del viaje, lo que poseía, la pequeña casa en la colina con sus cuadros, su mesa, su silla y su cama, con su mujer y su perro y muchos días de felicidad. El vasto paisaje que tantas veces había contemplado radiante, su libertad y su vida entera se disipaban aceleradamente. Era como si todas las venas en las que palpitaba su vida se abrieran derramando su sangre a borbotones, y él no fuera más que aquella hoja blanca, aquella hoja que se arrugaba en su bolsillo con la que el funesto destino le hacía señas para atraerlo.

Apenas era consciente de lo que estaba ocurriendo, tan confuso y embotado se encontraba. El revisor le reclamó su billete, no lo tenía, como un sonámbulo mencionó adormecido su destino, la frontera, indiferente hizo trasbordo a otro tren: la máquina que llevaba dentro lo hacía todo y ya no sentía dolor. En la aduana suiza le pidieron sus papeles. Él los entregó: no le quedaba nada más que aquella hoja vacía. De cuando en cuando algo perdido dentro de él intentaba hacerle recapacitar diciéndole en voz baja, murmurando desde la misma hondura de un sueño: «¡Vuelve! ¡Todavía eres libre! No tienes por qué hacerlo». Pero la máquina que regía su sangre, que no hablaba y, sin embargo, movía enérgicamente nervios y miembros, le impulsaba a seguir adelante con un férreo e invisible: «¡Tienes que hacerlo!».

Se encontraba de pie en el andén de la estación de tránsito a su patria. Al otro lado, clara a pesar de la luz pálida, cruzando el puente que salvaba el río: allí estaba la frontera. Sus vanos sentidos intentaron comprender aquella palabra; aquí, a este lado, por lo tanto, todavía podía vivir, respirar, hablar libremente, hacer su voluntad, servir a una obra seria, mientras que ochocientos pasos más allá, detrás de aquel puente, le quitaban a uno la voluntad del cuerpo como al animal las entrañas, había que obedecer a extraños y atravesar el pecho con un cuchillo a otros hombres igualmente extraños. Eso es todo lo que suponía aquel pequeño puente de allí, diez docenas de postes de madera tendidos sobre dos travesaños. Y por eso dos hombres, cada cual con un ridículo uniforme de diferente color, estaban a un lado y a otro armados, haciendo guardia. Sintió sordamente algo que lo atormentaba, notó que ya no podía pensar con claridad, aunque las ideas le siguieran rondando en la cabeza. ¿Qué pretendían conseguir con aquel trozo de madera? Que nadie pasara de un país a otro, que nadie se escapara de un país donde a uno le destripaban la voluntad y cruzara al otro. Y él mismo, ¿de verdad quería cruzarlo? Sí, pero en sentido contrario, de la libertad a la…

Se quedó parado pensando. La idea de la frontera lo había hipnotizado. Desde que la vio materialmente, en su esencia, vigilada por dos ciudadanos aburridos con uniforme de soldado, había algo en su interior que no acababa de comprender. Intentó rememorar: estaban en guerra; pero sólo en el país que había al otro lado… un kilómetro más allá había guerra o, más exactamente, a un kilómetro menos doscientos metros a contar desde ese punto empezaba la guerra. Tal vez incluso diez metros más cerca, se le ocurrió pensar, es decir, sólo a mil setecientos noventa metros. Una especie de capricho disparatado bulló en su interior: averiguar si estos últimos diez metros de tierra ya estaban en guerra o no. Lo cómico de aquella idea le hizo gracia. En alguna parte tendría que haber una raya, una separación. Igual que si uno va a la frontera y pone un pie en el puente y el otro lo deja en tierra, ¿qué es entonces?, ¿todavía es libre o ya es un soldado? Una pierna podría llevar bota de civil; la otra, bota militar. Su cabeza revolvía ideas cada vez más infantiles. Si uno entraba en el puente y pasaba al otro lado, pero luego regresaba corriendo, ¿era un desertor? ¿Y el agua? ¿Estaba en guerra o en paz? ¿Habrían trazado en el fondo una línea divisoria con los colores nacionales de cada país? ¿Y los peces? ¿Tenían permiso para pasar nadando al territorio que estaba en guerra? ¡Los animales en general! Pensó en su perro. Si hubiera venido con él, probablemente también lo habrían movilizado y habría tenido que tirar de una ametralladora o buscar heridos en medio de una lluvia de balas. Gracias a Dios que se había quedado en casa...

¡Gracias a Dios! Él mismo se asustó ante la idea y se estremeció. Notó que desde que había visto la frontera físicamente, ese puente entre la vida y la muerte, algo que no era la máquina había comenzado a funcionar en su interior, despertaba en él una conciencia, una resistencia. En la otra vía todavía estaba el tren en el que había venido, sólo que entretanto la locomotora había cambiado de posición, ahora miraba en el otro sentido con su gigantesco ojo de cristal, dispuesta a volver a arrastrar los vagones de regreso a Suiza. Esa posibilidad era un recordatorio de que todavía estaba a tiempo; sintió cómo el nervio muerto de la nostalgia se removía en él dolorosamente haciéndole añorar la casa perdida; el antiguo hombre que fue comenzaba a renacer. Al otro lado del puente vio de pie al soldado ceñido con un uniforme extraño, apoyando su pesada arma sobre el hombro, lo vio pasearse de una forma absurda a un lado y a otro, y se vio a sí mismo reflejado en aquel hombre desconocido. Sólo entonces vio claro cuál era su destino y en cuanto lo comprendió descubrió el germen de la aniquilación en él, y la vida lanzó un grito en su alma.

En ese momento, la campana que daba las señales repiqueteó y su contundente martilleo quebró aquellos sentimientos aún vacilantes. Ahora sí que todo estaba perdido, pensó. Si se sentaba en el tren que estaba llegando, al cabo de tres minutos, en cuanto hubiera recorrido los dos kilómetros del puente y lo hubiera atravesado, se acabó. Y supo que así sería. Un cuarto de hora más y se habría salvado. Se quedó allí de pie sin saber qué hacer.

Pero el tren no llegó del lejano horizonte que vigilaba temblando, sino del otro lado del puente y fue acercándose poco a poco con enorme estrépito. De golpe, la estación bullía de inquietud, las personas salían en torrente de las salas de espera, las mujeres se lanzaban hacia el andén chillando y empujando, unos soldados suizos formaron rápidamente en hilera. Y, de repente, empezó a sonar una música…, escuchó, se sorprendió, no daba crédito a lo que oía; pero atronaba alegre, inconfundible: la Marsellesa. ¡El himno del enemigo para recibir un tren que venía de tierra alemana!

El tren se acercó con estruendo, gimió y se detuvo. Y entonces todo se precipitó, las puertas de los vagones se abrieron de golpe, rostros pálidos salieron vacilando con un brillo extasiado en los ojos encendidos… ¡Franceses de uniforme, franceses heridos, enemigos, enemigos! Durante algunos segundos fue como si estuviera teniendo una visión, hasta que comprendió que éste era un tren con prisioneros heridos que habían sido objeto de un intercambio y acababan de ser liberados de su prisión, salvados de la locura de la guerra. ¡Y todos lo notaban, lo sabían, lo sentían por cómo hacían señas y llamaban a gritos y reían, aunque para alguno la risa todavía fuera dolorosa! Uno salió a trancas y barrancas, trastabillando y tropezando con su pata de palo, se agarró a un poste y gritó:

—*La Suisse! La Suisse! Dieu sois béni!*

Las mujeres corrían sollozando de ventana en ventana hasta dar con la persona que buscaban, con el amado; las voces se confundían unas con otras en exclamaciones, sollozos y gritos, todo ello montado sobre la cuerda de oro del júbilo. La música calló. Durante unos minutos no se oyó nada más que el gran oleaje del sentimiento, que pasaba gritando y clamando sobre aquella gente.

Luego, poco a poco, se hizo la calma. Se formaron grupos felizmente unidos por la sencilla alegría y la rápida conversación. Un par de mujeres vagaban todavía llamando por aquí y por allá, las enfermeras traían refrigerios y obsequios. Se sacaba a los enfermos graves en sus camillas, pálidos, envueltos en blancos lienzos, rodeados de tierna solicitud y consoladores cuidados. La hez de la miseria se condensaba en su figura: mutilados con las mangas vacías, consumidos y medio quemados, restos de juventud embrutecidos y envejecidos. Pero en los ojos de todos resplandecía una paz que llegaba al cielo: todos sentían que su peregrinación había acabado.

Después de la inesperada llegada, Ferdinand se había quedado paralizado: de repente, el corazón le volvía a palpitar con fuerza en el pecho bajo la hoja de papel. Vio a un hombre sobre una camilla, apartado de los demás, solo, sin nadie que lo esperara. Se dirigió al que habían olvidado en medio de esta singular alegría, lentamente, con paso inseguro. El rostro del herido estaba blanco como la cal, tenía la barba descuidada, su brazo acribillado por la metralla colgaba inválido de la camilla. Los ojos estaban cerrados; los labios, pálidos. Ferdinand temblaba. Levantó despacio el brazo que colgaba y lo recostó con cuidado sobre el pecho del doliente. Entonces, el hombre desconocido abrió los ojos, lo miró y desde la infinita distancia en la que sufría su martirio anónimo ascendió una sonrisa agradecida y lo saludó.

Temblaba, había sido como si lo fulminara un rayo. ¿Tenía que involucrarse en aquello? ¿Envilecer así a los hombres, no volver a mirar a los hermanos a los ojos más que con odio, tomar parte en este inmenso crimen por propia voluntad? La gran verdad de los sentimientos saltó con violencia en su interior haciendo pedazos la máquina oculta en su pecho, la libertad se alzó, dichosa y grande, y quebrantó la obediencia. ¡Jamás! ¡Jamás!, gritó en su interior una voz de una fuerza primigenia y desconocida, y lo empujó hacia delante. Sollozando, se derrumbó ante el herido de la camilla.

La gente se arrojó sobre él. Lo creyeron víctima de un ataque epiléptico, el médico se acercó a toda prisa; pero él se levantó lentamente y rechazó la ayuda con una serena alegría en el rostro. Echó mano de la cartera, sacó su último billete y puso el dinero sobre la cama del herido. Luego cogió el papel, lo leyó de nuevo detenidamente, con plena consciencia de lo que hacía. Entonces lo rasgó por la mitad y dispersó los trocitos por el andén. La gente se quedó mirándolo atónita, como si fuera un loco. Él, en cambio, ya no sentía ninguna vergüenza. Sentía únicamente que había sanado. La música empezó a sonar de nuevo y su corazón se fundió con aquellas notas en perfecta armonía.

Regresó a su casa tarde, ya de noche. Estaba oscura y cerrada como un ataúd. Llamó. Unos pasos se acercaron arrastrándose: su mujer abrió. Al verlo se estremeció; pero él la abrazó dulcemente y la condujo dentro. No dijeron nada. Ambos temblaban de felicidad. Él entró en su habitación: sus cuadros estaban allí, ella había recogido todos los del taller para estar cerca de él a través de su obra. Sintió un amor infinito en ese signo y comprendió de lo que se había salvado. Sin decir nada apretó la mano de ella. El perro salió como un vendaval de la cocina, dio un gran salto sobre él: todo lo había estado esperando, sintió que su auténtico ser jamás se había marchado de allí y, sin embargo, se sentía como alguien que vuelve a la vida desde la muerte.

Seguían sin decir nada. Pero ella lo agarró tiernamente, lo llevó a la ventana: fuera, intacto, ajeno a los tormentos creados por una confusa humanidad, el mundo eterno seguía en pie y resplandecía para él, estrellas infinitas bajo un cielo infinito. Alzó la mirada y reconoció conmovido y con fe que para los hombres no rige más ley que la de la propia tierra: que, en realidad, no existe mayor obligación que la de estar unidos. Junto a sus labios flotaba dichoso el aliento de su mujer y, de cuando en cuando, los cuerpos de ambos se estremecían levemente por el placer de sentirse pegados el uno al otro. Pero siguieron callados: su corazón se mecía en la eterna libertad de las cosas, desligado de la confusión de las palabras y de la ley de los hombres.

WONDRAK
(FRAGMENTO)

La noticia de que Ruzena Sedlak, conocida por todos, hasta en lo más remoto del contorno, con el sobrenombre de «la Calavera» debido a su horrible aspecto, había dado a luz a un niño, algo más que difícil de creer, inconcebible, despertó en el otoño del año 1899 un inmenso alborozo en la pequeña ciudad de Dobitzan, al sur de Bohemia. Su terrible fealdad, tan perturbadora, había dado pie muchas veces a bromas y comentarios más compasivos que malvados; sin embargo, ni el bromista más osado habría esperado jamás que olla tan fea encontrara su cobertera. Pero lo cierto es que el inexplicable milagro se había obrado, según el testimonio de un joven montero que había visto al escandaloso crío chasqueando con la lengua mientras mamaba plácidamente del pecho de la Sedlak en el confín del bosque donde ésta moraba, una deslumbrante novedad que las sirvientas se encargaron de difundir rápidamente por todas las tiendas, abacerías, fondas y casas de Dobitzan al tiempo que acarreaban agua en sus cubos. Aquella tarde gris de octubre no se habló más que de ese inesperado retoño y de quién podría ser el padre. En la taberna, los honrados parroquianos se sentaban en la mesa de costumbre golpeándose maliciosamente en el costado, reventando de la risa al imputarse suspicazmente unos a otros aquella paternidad nada apetecible, y el farmacéutico, entendido en medicina, describía la supuesta escena de amor con unos tonos tan realistas que luego se necesitaban unos cuantos aguardientes para recuperarse. Por primera vez en veintiocho años, aquella desdichada mujer había proporcionado a sus conciudadanos un buen rato de desenfrenada y tumultuosa diversión.

Naturalmente, la primera broma, imborrable y terrible, había sido la que se permitiera tiempo atrás la propia naturaleza dándole a la pobre un aspecto tan deforme, aplastándole la nariz, mientras ella, la hija ilegítima de un sifilítico que trabajaba como ayudante en una fábrica de cerveza, todavía estaba en el seno de su madre. El espantoso apodo que le iba a quedar para siempre vino al mundo junto con ella, pues, en cuanto contempló a la niña recién nacida, la comadrona, que en cuarenta años había visto todo tipo de aberraciones y rarezas, hizo, por lo que dicen, la señal de la cruz y exclamó en voz alta sin poder contenerse: «¡Una calavera!». Y es que en el punto donde, por lo general, se alza en el rostro humano el arco claro y puro de la nariz para proteger los ojos y dar sombra a los labios, repartiendo luces y sombras sobre la cara, esa niña presentaba un vacío absoluto, una nada vil y hueca: dos simples agujeros para respirar, negros como las heridas de un arma de fuego, un repugnante vano que se abría en la rosada superficie de la carne y cuya visión (que no se podía soportar por mucho tiempo) recordaba inevitablemente a una calavera donde, entre la frente de hueso y los blancos dientes, se encuentra esa misma nada, ese vacío estremecedor, inquietante. Luego, cuando la comadrona, recuperándose de la primera impresión, siguió examinando a la criatura, la encontró bien formada, madura y sana. Nada le faltaba a esa desdichada chiquilla para ser igual que otros pequeños, salvo una pulgada de hueso y cartílago con un dedo de carne, pero la ley de la naturaleza nos ha acostumbrado de tal manera a la uniformidad que la mínima desviación en su probada armonía nos repugna y estremece, y cada error del escultor—una injusticia irreparable—

despierta en nosotros el enojo contra la figura defectuosa. Un funesto impulso hace que no volvamos nuestro odio contra el descuidado artista, sino contra su inocente creación: mutilada y deforme, para su desgracia, ha de padecer además el endemoniado suplicio que supone la repulsión mal disimulada de quienes disfrutan de un cuerpo bien constituido. De modo que un ojo bizco, un labio torcido, una boca partida por un sencillo error de la naturaleza se convierten en un martirio perpetuo para esa persona, una tara diabólica que es imposible erradicar de su alma... y hacen que cueste trabajo creer que este astro en el que damos vueltas y al que llamamos Tierra tenga sentido y albergue justicia.

Que se llamaba Calavera, y con razón, fue algo que Ruzena Sedlak supo desde que era una niña: junto con la lengua también se le inculcó la vergüenza, tenía presente a cada instante que por faltarle esa pulgada de hueso había sido expulsada sin compasión de la comunidad natural de los hombres. Las mujeres embarazadas se daban la vuelta rápidamente cuando se la encontraban por la calle, las campesinas de otros lugares que venían a vender sus huevos al mercado se santiguaban, pues, en su simpleza, no se les ocurría pensar otra cosa sino que el diablo le había aplastado la nariz a esa niña. Incluso se veía que los que tenía a su alrededor y se esforzaban por ser amables mantenían los ojos bajos mientras conversaban con ella: salvo con los animales, a los que no les importa lo fea que sea una persona, pues sólo perciben su bondad, no podía recordar que hubiera visto jamás la pupila de un ojo tranquilamente, de cerca. Por fortuna para ella, era torpe y lenta de entendimiento, lo que amortiguaba su sufrimiento en el trato con los demás hombres por esa injusticia de Dios. No tenía fuerzas para odiarlos, pero tampoco sentía el deseo de amarlos; la ciudad le preocupaba poco, se mantenía al margen y, por eso, se llevó una enorme alegría cuando el buen párroco Nossal intercedió por ella para conseguirle un puesto de ama de llaves fuera, en el bosque, a ocho horas a pie de la ciudad, completamente aislada, sin contacto con otros seres humanos. En medio de sus extensos bosques, que iban desde Dobitzan hasta las arboledas de Schwarzenberg, el conde R. se había hecho construir una pequeña cabaña de caza, al estilo de las que hay en otros países, donde alojarse con sus invitados durante las cacerías, de modo que, salvo unas pocas semanas en otoño, siempre estaba deshabitada. Ruzena Sedlak fue contratada como guardesa para la temporada en que la cabaña estaba vacía. Ocupaba una habitación en la planta baja y no tenía más obligación que conservar la casa y alimentar a los ciervos y la caza menor durante el crudo invierno. Por lo demás, podía hacer lo que quisiera con su tiempo y lo empleaba en criar cabras, conejos, gallinas y demás animalitos, en cultivar un huerto de hortalizas y en comerciar con huevos, gallinas y pequeñas cabritillas que vendía en el mercado. Así vivió ocho años enteros en el bosque dedicándose a los animales, a los que amaba tiernamente; se olvidó de las personas y las personas se olvidaron de ella. El prodigio de que algún tipo ciego o bebido (de otra manera no podían explicarse tal disparate) hubiera encontrado a la Calavera y le hubiera hecho un hijo fue lo único que motivó que, al cabo de los años, los alborozados habitantes de Dobitzan volvieran su atención a esa olvidada criatura de Dios.

Sólo había una persona en la ciudad que no se reía abiertamente con la noticia y que, al contrario, bramaba malhumorado: el burgomaestre, pues aunque de vez en cuando la naturaleza se muestra ingrata con una de sus criaturas olvidándose de ella, un cargo público no sería un cargo público si se permitiera tal olvido y un catastro bien realizado no admite ninguna irregularidad. ¡Un niño de cinco meses y todavía sin empadronar, sin inscribirse en el registro!, gruñía el burgomaestre (que, por cierto, era panadero) con todo su encono. Y con él competía el celoso párroco. ¡Un niño de cinco meses y todavía sin bautizar!, eso era propio de paganos. De modo que, después de mantener una larga y profunda conversación, esos dos administradores, el del mundo terreno y el del divino, enviaron al bosque al escribano de la comunidad, Wondrak, para recordarle a la Sedlak sus deberes civiles y religiosos. Al principio lo recibió bruscamente, el niño le pertenecía a ella y nadie metía las narices en sus asuntos, así que era mejor que no insistiera porque se iba a armar una de todos los diablos. Sin embargo, cuando el corpulento Wondrak respondió imperturbable que tenía toda la razón, que un niño sin bautizar tiene a todos los diablos consigo y que ya se ocuparían éstos de llevársela a ella y a su hijo a los infiernos si le negaba el bautismo, a aquella sencilla mujer se le metió el miedo en los huesos y, obedeciendo al buen párroco Nossal, al domingo siguiente llevó al niño envuelto en una toca de cotón azul a la ciudad. El bautismo se celebró por la mañana temprano para mantener a distancia a los curiosos burlones; actuaron como testigos una mendiga medio ciega y el bueno de Wondrak, cuyo nombre de pila, Karel, transmitió a aquel muchacho llorón. Los trámites oficiales para inscribir al niño en el registro resultaron algo más penosos, pues cuando el burgomaestre, cumpliendo con el protocolo, preguntó por el padre del niño, tanto a él como al bondadoso Wondrak se les escapó una sonrisita inoportuna. Ruzena no respondió y se mordió los labios. Así que el retoño del desconocido fue inscrito en el registro con el apellido de ella y se llamó en adelante Karel Sedlak.

En realidad, Ruzena, la Calavera, no habría podido decir quién era el padre de Karel. Una tarde de niebla del mes de octubre del año anterior, cuando volvía a última hora de la ciudad con una tinaja a la espalda, se topó en lo profundo del bosque con tres tipos, ladrones de madera o tal vez cazadores furtivos o gitanos, en cualquier caso gente ajena al lugar. El follaje proyectaba una sombra demasiado densa para distinguir sus rostros, como tampoco ellos podían distinguir a quién tenían delante (a lo mejor eso le habría ahorrado aquel encuentro indeseado); dedujeron por la blusa abombada con forma de campana que se trataba de una mujer y se precipitaron violentamente sobre ella. Sedlak se dio la vuelta apresuradamente para salir corriendo de allí, pero uno de ellos fue más rápido y le cayó por la espalda derribándola al suelo con tanta violencia que la tinaja crujió bajo su peso. Quiso gritar, pero aquellos tres le subieron la falda tapándole con ella la cabeza, rasgaron su blusa y aprovecharon los jirones de tela para atarle las manos que empujaban, arañaban y golpeaban ferozmente. Entonces sucedió. Eran tres, no pudo distinguir sus rostros bajo el delantal que llevaba con la falda y ninguno de ellos dijo una palabra. Sólo oía risas, furiosas, profundas y malvadas, y luego un gruñido satisfecho, de placer. Sólo sintió el olor a tabaco y los rostros barbudos, manos que la agarraban bruscamente, un intenso dolor, un cuerpo que se precipitaba sobre ella atropelladamente y de nuevo dolor. Cuando el último se apartó, ella intentó levantarse y liberarse; entonces uno de ellos le dio un fuerte golpe en la cabeza con un palo y la tiró al suelo: no consentían bromas.

Ya debían de estar muy lejos cuando Sedlak se atrevió a levantarse de nuevo, sangrando, furiosa, ultrajada, apaleada. Sus rodillas temblaban de cansancio y rabia. No era que se avergonzara: su odiado cuerpo valía demasiado poco para ella y había sufrido demasiadas humillaciones para que este vulgar asalto fuera algo especial, pero su camisa estaba rasgada, igual que su falda verde y el delantal, y además de eso aquellos granujas le habían roto una tinaja cara. Reflexionó un momento pensando si debía volver a la ciudad para denunciar inmediatamente a sus asaltantes, pero seguramente en la ciudad sólo se burlarían de ella y nadie le prestaría ayuda. Así que se arrastró llena de ira hasta su casa y, junto a sus animales, buenos, dulces, que le acariciaban tiernamente las manos con sus suaves hocicos, olvidó por completo el infame incidente.

Meses después se asustó al notar que iba a ser madre y al momento tomó la decisión de eliminar a aquel hijo no deseado. ¡Sólo por no traer al mundo otro aborto como ella! ¡Sólo por evitar que un niño, un inocente, tuviera que pasar por lo que ella había pasado! Era mejor acabar con él, quitarlo de en medio, enterrarlo. Para que nadie se diera cuenta de su estado, evitó ir a la ciudad en las siguientes semanas, y luego, cuando el embarazo ya estaba muy avanzado, se preparó cavando una profunda fosa junto al montón de estiércol. Se proponía enterrar allí al niño en cuanto viniera al mundo. ¿Quién se enteraría entonces?, pensó. Por el bosque, efectivamente, no venía nadie.

Los dolores le sobrevinieron una noche de mayo y fueron tan fulminantes, tan terribles que, gimiendo bajo esas garras ardientes que aferraban sus entrañas, se dobló sobre el suelo y no le dio tiempo ni para encender una luz. Mordiéndose los labios hasta hacerse sangre con los dientes, sola, dolorida y sin ayuda, dio a luz a su hijo como un animal, sobre la tierra desnuda. Le quedaron las fuerzas justas para arrastrarse hasta su lecho, donde se dejó caer, agotada, como un terrón de tierra húmedo, sanguinolento, y se quedó dormida hasta el día siguiente. Al despertarse con la luz de la mañana, tomó conciencia de lo que había sucedido y se acordó inmediatamente de lo que tenía que hacer entonces. ¡Ojalá no tuviera que matar ya al chiquillo! ¡Ojalá estuviera ya muerto! Escuchó. Y entonces sintió una voz apagada, fina como un hilo, gimoteando desde el suelo. Se arrastró hasta allí; el niño todavía vivía. Lo palpó con manos temblorosas. Primero la frente, las diminutas orejas, la barbilla, la nariz, un temblor cada vez más fuerte se apoderaba de ella, un estremecimiento doloroso y agradable al mismo tiempo: algo inaudito había ocurrido, el niño estaba bien formado. Ella, la que nació mal, había traído al mundo a un ser puro, verdaderamente sano; la maldición se había acabado. Asombroso. Se quedó mirando atónita aquella bola rosada. El niño tenía un aspecto deslumbrante, se le ocurrió pensar que incluso era hermoso, no era una calavera, era como todos los demás, y justo en ese momento esbozó una sonrisita minúscula con su boca de renacuajo. Entonces ya no tuvo fuerzas para llevar adelante su propósito y tomó en su pecho al pequeño, que respiraba dulcemente.

Ahora había muchas cosas buenas. Ahora la vida ya no pasaba indiferente, sin sentido, ahora se acercaba respirando muy flojito, lanzando pequeños gritos y la tocaba con dos manitas infantiles diminutas, rechonchas. Ella, que hasta entonces jamás había poseído nada salvo su propio cuerpo imperfecto, sentía que tenía algo. Había alumbrado algo perdurable, que la sobreviviría, algo que la necesitaba, que requería de ella. En esos cinco meses, Ruzena Sedlak fue completamente feliz. El niño crecía en su casa, ignorado por todos, y eso era bueno. No tenía padre y eso era bueno. Nadie en la tierra sabía de su existencia y eso era muy bueno, pues así le pertenecía por completo a ella, a ella sola.

Por eso se revolvió tan furiosa y gruñó al pobre Wondrak cuando éste fue a notificarle oficialmente que tenía que bautizar e inscribir al niño en el registro. En su avaricia, aquella tosca campesina intuía de una manera inexplicable que si la gente sabía de su hijo se lo quitaría. Ahora le pertenecía a ella y sólo a ella, pero si lo inscribían en el registro oficial, si el burgomaestre, el Estado, anotaba su nombre en uno de esos estúpidos libros, desde ese instante, un pedazo de su persona les pertenecería a ellos. De algún modo lo tendrían sujeto por una cadena, podrían llamarlo y ordenarle. Y por esa razón, aquélla fue la única vez que llevó a su Karel a la ciudad con las demás personas. Para su asombro creció hasta convertirse en un hermoso niño de pelo castaño, espaldas anchas, con una nariz curiosa, osada, y piernas rectas, ágiles, un muchacho al que le entraba la música por el oído, que sabía silbar como un tordo, imitaba la llamada del arrendajo y del cuco, además de trepar a los árboles con la agilidad de un gato y echar carreras con Horcek, su perro blanco. Apartado de la gente, no sentía recelo alguno ante aquel rostro mutilado, y reía sin malicia; la madre veía dichosa que, cuando le hablaba, sus redondos ojos castaños se dirigían a ella. Ya le ayudaba con sus apretadas manitas a ordeñar las cabras, a recoger bayas, a picar leña. A pesar de que rara vez había ido a la iglesia, en esa época ella empezó a rezar de nuevo. El miedo de que pudieran apartarlo de ella tal y como había venido jamás la abandonaba por completo.

Pero un día que había ido a la ciudad a vender una cabritilla, Wondrak le cerró de repente el paso, lo que le resultó fácil, pues en esos siete años su buena tripa bohemia había crecido y se había vuelto más fofa. Se alegraba de haberse topado con ella allí, bramó, así se ahorraba la dichosa caminata por el bosque. Tenía que tratar con ella un asunto de envergadura. Por si no lo sabía, a un muchacho de siete años le correspondía estar en la escuela. Y cuando ella replicó enojada que a él le importaba una mierda qué edad tuviera su chico y dónde tuviera que estar, Wondrak se apretó la correa del pantalón, una sombra amenazadora cruzó su amplia cara de luna, la sombra de la autoridad oficial, y entonces el señor escribano de la comunidad declaró enérgicamente que, ya que se empeñaba, ahora se iba a enterar de si le importaba o no le importaba. Le preguntó si no había oído hablar nunca de la ley de enseñanza elemental y para qué creía que se habían gastado tanto dinero hace dos años en arreglar el nuevo edificio de la escuela. Iba a ir a hablar inmediatamente con el señor burgomaestre y él le enseñaría si podía dejar que un niño cristiano creciera como el ganado en el Estado imperial austriaco. Y si no le gustaba, siempre habría un rincón libre en la trena, le quitarían al niño y se lo llevarían al orfanato.

Esa última amenaza hizo que Ruzena se quedara pálida. Naturalmente, hacía tiempo que venía pensándolo, pero había confiado en que se les olvidaría. Era el maldito libro que guardaban dentro de la oficina del burgomaestre. Quien estaba en él ya no era dueño de sí mismo. Y ahora empezaban ya a quitarle a su Karel, pues, a pesar de sus piernas vigorosas, no podía caminar ocho horas diarias hasta la escuela y volver; y ella, ¿de qué iba a vivir en la ciudad? Al final la ayudó, como siempre, el párroco Nossal. Se mostró dispuesto a acoger al niño en su casa durante la semana; los sábados y los domingos, así como en las vacaciones escolares, podría estar con ella como hasta entonces. Además, su ama de llaves le ayudaría a cuidar del niño y darle todas las atenciones. Ruzena miraba fijo, con malos ojos, a aquella mujer bondadosa y rechoncha que corroboraba amablemente lo que le decían. Le habría gustado librarse de ella, porque ahora iba a tener más a su Karel que ella misma. Pero se sintió amedrentada por el señor párroco, así que no le quedó más remedio que dar su consentimiento, aunque su piel estaba tan pálida como la piedra y el odio rompía por los negros agujeros de su cara descompuesta con tanta saña que el ama de llaves entró en la cocina a toda prisa santiguándose como si hubiera visto al diablo.

Desde entonces iba a menudo a la ciudad. Tenía que caminar la noche entera, ocho horas, para verlo sólo un instante, escondiéndose detrás de una esquina por orgullo: su Karel iba a la escuela bien vestido y aseado, con la esponja colgando de una pequeña pizarra, fuerte y despierto en medio de los demás muchachos y más guapo que la mayoría, no como ella, repugnante, odiada por todos. Hacía ocho horas de ida y ocho de vuelta para verlo sólo un par de minutos, traía del bosque huevos y mantequilla; cada vez era más activa y hábil en los negocios sólo para poder hacerle ropa nueva. Fue también por aquel entonces cuando empezó a saber de los domingos que Dios regalaba a los hombres como un don. El chico estudiaba aplicadamente, esforzándose, y el párroco hablaba incluso de enviarlo a la escuela superior, en otra ciudad algo más grande, asumiendo todos los gastos. Pero ella se encabritaba como un potro salvaje cada vez que lo oía. No, debía permanecer allí, en el bosque, con ella, trabajando a destajo como leñador. Era un trabajo duro, pero estaría cerca, a sólo cuatro horas de su arboleda, donde estaban abriendo senderos. Así podría llevarle la comida de vez en cuando y sentarse con él un rato. Y aunque no lo viera, sólo con oír a lo lejos los firmes, duros golpes del hacha, un alegre eco resonaría en su corazón: aquella era su propia sangre, su propia fuerza.

Sólo se preocupaba de él. Incluso desatendió a los animales. No existía nadie más en el mundo. Así que prácticamente no se enteró de que en el año catorce había comenzado una guerra y lo que le llegó de ella fueron únicamente—resulta curioso—ventajas. Como los hombres se habían marchado, pagaban mejor a su muchacho y, cuando ella iba a la ciudad con sus huevos y sus gallinas, ya no era como antes, no tenía que esperar humildemente en el zaguán de las casas a que salieran las mujeres, no, eran ellas las que salían a su encuentro en medio de la calle y ajustaban el precio rápidamente, pujando unas contra otras ansiosas por llevarse brillantes huevos a cambio de brillantes monedas de níquel. Ya tenía escondido un cajón entero lleno de dinero y papel; otros tres años así y podría mudarse a la ciudad con su Karel. Eso era lo único que ella sabía y pensaba de la guerra.

Pero un día por aquella época en que los meses apenas contaban, al llevar la comida a su hijo a la cabaña de los trabajadores, éste le dijo, con la cabeza gacha y sorbiendo las palabras junto con la sopa, que aquel domingo no podría ir a casa. Ella se sorprendió. ¿Por qué? Era la primera vez desde que lo había traído a este mundo que no iba a ser suyo un domingo. Sí, masculló él, resultaba que justo ese día tenía que ir con los demás a Budweis para alistarse. ¡Alistarse! Ella no entendía la palabra. Él le explicó que ahora les tocaba el turno a los que tenían dieciocho años, hacía tiempo que venía en los periódicos y ayer habían recibido la nota oficial.

Ruzena se quedó pálida. La sangre huyó de su rostro precipitadamente. En eso no había pensado;

él también cumpliría dieciocho años y entonces podrían llevarse a su niño. Ahora lo comprendía, para eso lo habían inscrito en aquel maldito libro de la oficina del burgomaestre aquellos ladrones, para llevárselo a rastras a su guerra, ¡malditos! Se quedó allí sentada, absorta, y cuando Karel asombrado levantó los ojos hacia ella, se asustó por primera vez de su madre, pues lo que vio ya no era una persona, por su mente cruzó aquella terrible palabra, «Calavera», por la que en cierta ocasión le había soltado un puñetazo en la mandíbula a un insolente camarada. En aquel rostro blanco como el hueso, sin sangre, dos ojos negros miraban fijamente al vacío, la boca se abría formando una cavidad hueca bajo aquellos dos oscuros agujeros perforados en la carne. Se estremeció. Entonces ella se puso en pie y lo agarró por la mano.

—Vamos a otra parte—ordenó.

Y su voz sonó áspera y seca como un hueso duro que salta. Se lo llevó al granero que había al lado, donde los trabajadores amontonaban sus útiles. No había nadie dentro; cerró la puerta.

—Ponte ahí—ordenó severamente.

En medio de la oscuridad, su voz parecía venir del más allá. Entonces se abrió el vestido. Tardó algo de tiempo en quitarse con dedos temblorosos el crucifijo de plata que pendía de un cordón estriado colgado alrededor del cuello. Luego lo posó sobre el alfeizar de la ventana.

—Ahí lo tienes, ¡jura!—le ordenó.

Él se estremeció.

—¿Qué he de jurar?

—¡Jura… por Dios y todos sus santos y por el Crucificado que tienes aquí que serás mío!

Él iba a preguntar algo, pero ella le puso el crucifijo en la mano golpeándole con sus dedos huesudos. Fuera se oía el tintineo de los platos, la risa y el chasquido que hacían con la lengua los trabajadores mientras comían; enfrente, al otro lado, los grillos tocaban el violín en el campo; aquí, en el granero, reinaba una absoluta quietud, mientras su calavera relucía amenazadoramente desde la sombra. Él se estremeció ante su turbio arrebato, pero juró.

Ella respiró y volvió a colgarse el crucifijo por dentro del vestido.

—Has jurado sobre el Crucificado que obedecerás. No vas a ir a esta maldita guerra, los de Viena tendrán que buscarse a otro. ¡Tú, no!

Él se quedó sorprendido y asustado como un muchacho.

—Pero eso…, eso está penado. Todo el mundo tiene que ir, lo dice en la hoja. Y todos han ido.

Ella se rió fugazmente; era una risa maligna.

—Tú, no. El emperador tendrá que corromper a otros.

—¿Y si me vienen a buscar?

Volvió a reír con voz chillona, maligna.

—Esos burros no te cogerán. Te vienes conmigo al bosque, que te busquen allí. Y ahora ve y diles a todos que el domingo te marchas a Budweis, anuncia que dejas el trabajo y di que te vas a la guerra.

Karel obedeció. Había heredado la indolente voluntad de ella, que se conformaba con todo. El sábado por la noche—parte de la ropa ya la había recogido ella antes—salió a hurtadillas para ir a la casa del bosque. Una vez allí, ella le mostró un lecho oculto en el desván donde debería permanecer durante el día, aunque por la noche podría salir (ellos no aparecían a esas horas), eso sí, sin acercarse demasiado a la ciudad y llevando siempre consigo a Horcek, el perro, él detectaba a cualquiera que se moviera a una milla de distancia. No tenía que preocuparse por los de la ciudad, jamás se habían acercado hasta su casa, salvo Wondrak y aquel montero, pero ya hacía mucho tiempo que el montero se encontraba enterrado en el Karst italiano, y con Wondrak, el de la panza gorda, ya se apañaría ella, ja, ja, ja.

Pero sólo se reía para infundir valor al muchacho; en realidad, por las noches, el miedo pesaba sobre su pecho como una losa. Nadie salvo el conde y los cazadores, eso era verdad, se había molestado en acercarse a esa casa escondida, apartada; sin embargo, su ser basto e inculto sentía miedo de aquella fuerza desconocida con la que ahora empezaba a batallar. ¿Para qué tenían realmente aquellos libros en la oficina de Dobitzan, de Budweis y de Viena? ¿Qué había en ellos? De alguna forma debían de saberlo todo de todos gracias a esos malditos libros. Al hermano de Wrba, el sastre, lo habían reclamado de América, sabe Dios cómo, y de Holanda había venido otro; a todos, a todos los habían alcanzado esos malditos. ¿Y no iban a poder echarle mano también a Karel? ¿No iban a averiguar que no había ido a Budweis, sino que se mantenía escondido en el bosque? ¡Ah, qué difícil era estar sola frente a todos sin alguien con quien poder hablar! ¿Y si se lo decía al párroco? ¿No le aconsejaría, habiendo vivido tanto tiempo allí? Y mientras desde arriba la fuerte respiración de su hijo serraba uniformemente la fina pared, ella, su madre, se atormentaba pensando a solas en cómo enfrentarse a la monstruosidad del mundo, en cómo podría burlar a esa gente de la ciudad con sus infames libros, sus notas y certificados. Daba vueltas de un lado a otro sin poder dormirse y se mordía los labios, para que su hijo, que estaba arriba y no sospechaba nada, no oyera sus gemidos. Así siguió, echada con los ojos abiertos, espantosamente abiertos a todas las oscuridades de la noche y del horror hasta entrada la mañana. Por fin creyó haber dado con una solución; se levantó inmediatamente de un salto, recogió sus cosas y salió corriendo a trompicones en dirección a la ciudad.

Se había llevado huevos, muchos huevos y un par de gallinas jóvenes, y con esta provisión fue pasando rápidamente de casa en casa. Una mujer quiso llevárselos todos, pero ella sólo le dio dos, pues quería—ésta era la argucia que había tramado—hablar con muchas, con todas las de la ciudad, para difundir la noticia cuanto antes. Iba quejándose en todas partes, de casa en casa: era una vergüenza, a su Karel, el hijo, se lo habían llevado a Budweis. Muchachos jóvenes como él y que se los llevasen a rastras a la guerra, ¡no, Dios no podía consentir eso!, era intolerable que a una mujer tan pobre le quitaran a quien era su sustento. ¿Es que el emperador no comprendía que cuando se recluta a niños como ésos es porque ha llegado el final y es preferible parar? La gente la escuchaba, oscura y compasiva, arqueando sombríamente las cejas sobre los ojos. Algunos se daban la vuelta cautelosos y se llevaban un dedo a los labios para advertirle que fuera prudente, pues hacía tiempo que todo el pueblo checo se había separado en su corazón de los Habsburgo, los soberanos extranjeros de Viena; hacía tiempo que venían preparando banderas en secreto y velas para recibir a los rusos y proclamar su propio reino. De forma reservada, confidencial, pasándolo de boca en boca, todos ellos se habían enterado de que sus líderes, Kramarc y Klopitsch, se encontraban en prisión, a Masaryk, que trabajaba para ellos dos, lo habían desterrado, y los soldados traían del frente noticias inciertas de tropas alemanas que se habían concentrado en Rusia o Siberia. Hacía tiempo que existía un acuerdo tácito sobre ciertas cuestiones en todo el país antes de que individualmente se atrevieran a pasar a los hechos, y en función de ese acuerdo aprobaban cualquier resistencia y cualquier levantamiento, por eso también escuchaban compasivos y con angustia en la mirada a Ruzena, que con íntimo arrobo sintió que la ciudad entera creía su mentira. Según iba pasando, escuchaba hablar a sus espaldas, incluso a los pobres les habían quitado a sus chicos, hasta el buen párroco Nossal habló con ella y le dijo guiñando los ojos de una manera especial que no había que preocuparse demasiado, él tenía noticias de que la cosa no duraría mucho más. El corazón le latía con fuerza a esa pobre loca, cuando oía hablar a la gente así: ¡verdaderamente, qué tontas son las personas! Ella sola había engañado a la ciudad entera y éstos se lo contarían a su vez a los de Budweis, los de Budweis a su vez a los de Viena, y así todos pensarían que Karel se había alistado. De esta manera lo olvidarían y después, cuando la guerra hubiera pasado, ya cargaría ella con todas las consecuencias. Para remachar la mentira y resultar convincente ante todos, ahora iba todas las semanas a la ciudad y continuaba tejiendo sus embustes diciendo que él le había escrito, que tenía que bajar a Italia y lo mal que comía en la guerra; todas las semanas le enviaba mantequilla, pero sabe Dios si no se la robarían por el camino, ¡ay, si por lo menos ya estuviera de vuelta de la guerra, si por lo menos ya lo tuviera de nuevo consigo!

Así pasaron algunas semanas, pero un día que había vuelto a la ciudad y comenzaba con su letanía, Wondrak tropezó con ella misteriosamente y le dijo:

—¡Entra en casa a beber algo!

Ella no se atrevió a negarse, pero un escalofrío le subió por las rodillas al verse en aquella habitación frente a frente con Wondrak, pues se dio cuenta de que quería hablarle de algo importante. Primero recorrió la estancia de un lado a otro, indeciso, luego cerró cuidadosamente las ventanas y se sentó delante de ella.

—Bueno, ¿a qué se dedica tu Karel?

Ella balbució que ya lo sabía, que estaba con su regimiento y que el día anterior habían iniciado la marcha hacia Italia. ¡Ah, si por lo menos la guerra ya hubiera llegado a su fin! Rezaba a diario por su hijo. Wondrak no replicaba nada, se limitaba a silbar en voz baja para sí. Luego se puso en pie y comprobó que la puerta estaba bien cerrada, por lo que ella entendió que no tenía malas intenciones, aunque se empeñase en evitar su mirada. Bueno, entonces no había problema, gruñó Wondrak, simplemente se le había ocurrido pensar que tal vez Karel estuviera emboscado en secreto. Bien sabía Dios que eso a él le traía absolutamente sin cuidado y que, al fin y al cabo, se podía comprender que a nadie le gusta echar sus huesos en sopa ajena, los alemanes se las tendrían que componer ellos solos en esa estúpida guerra, pero (y de nuevo volvió hacia la puerta) hacía tres días había llegado un comando armado, un comando de la gendarmería de Praga con soldados de Carintia, y ahora estaban registrando las casas en busca de reclutas que no se hubieran incorporado a filas: al cerrajero Jennisch, que se había torcido el dedo índice, se lo habían llevado ayer sacándolo de su propia casa y haciéndole atravesar el mercado con las manos atadas. Era una vergüenza, un hombre tan valiente, tan honrado. Y en el pueblo vecino habían abatido de un disparo a otro que había intentado huir, ¡verdaderamente, una vergüenza! Y todavía no habían acabado. Se habían traído una lista entera de Budweis o de Praga, una lista con los nombres de todos aquellos que no habían acudido a alistarse. Bueno, él no debería decir nada de forma oficial, pero tal vez alguno se hubiera colado en ella por equivocación.

Durante la conversación, Wondrak no la miró en ningún momento, se limitó a observar fijamente, con una extraña curiosidad, el humo de su pipa que se elevaba hasta el techo formando anillos. Luego se levantó y gruñó con indiferencia:

—Pero si es verdad que tu Karel se ha incorporado a filas, se hartarán de buscar y rebuscar en vano. No hay problema.

Ruzena lo miraba helada. Ahora estaba todo perdido. Su argucia no había servido de nada, los malditos de Viena habían averiguado gracias a aquellos libros que su hijo no se había alistado. No quiso preguntar más y se levantó. Wondrak no la miraba, se limitaba a golpear su pipa cuidadosamente para vaciarla: se habían comprendido uno a otro.

—Gracias—balbució en voz baja y se marchó.

Fue hasta el final de la calle con las rodillas rígidas, frías, entonces, de repente, comenzó a correr. Si por lo menos no estuvieran ya en camino..., su hijo, ese estúpido, no se defendería. Ella corría cada vez más rápido, tiró el cesto, se rasgó el vestido que se le pegaba empapado a la piel, corrió como jamás había corrido en su vida internándose más y más en el bosque.

La negra noche cubría la casa cuando oyó los ladridos del perro a lo lejos: «El valiente Horcek», pensó, «nos guarda bien». Todo estaba en calma. Gracias a Dios, había llegado a tiempo.

«Encargaré que digan una misa», pensó jadeando, empezando a sentir entonces el cansancio, «dos misas, tres, y pondré velas, muchas velas, toda mi vida». Luego entró en silencio, contuvo la respiración y escuchó. Y, de repente, su sangre volvió a bullir con fuerza retornando a su cuerpo tembloroso al notar que dormía tranquilo y a salvo, al oír la respiración del ser que había crecido en su cuerpo. Subió por la escalera de mano hasta el sobrado con la vela encendida temblándole en la mano. Karel dormía profunda, pesadamente. Su cabello castaño, fuerte y espeso, caía grave y húmedo sobre su frente varonil, hermosa; su amplia, jugosa boca estaba abierta mostrando unos dientes fuertes, firmes, relucientes. La luz de la vela brillaba trémula, con ternura, repartiendo sombra y claridad sobre el candoroso rostro del muchacho. Fue entonces cuando se dio cuenta de lo hermoso y lo joven que era. Sobre sus brazos desnudos, que estaban cruzados sobre la colcha, resaltaban los músculos como raíces blancas, y los hombros fulguraban como mármol pulido, anchos, robustos, firmes: había fuerza para décadas en esa carne que se había formado a partir de ella, una vida increíblemente plena en ese cuerpo que apenas se había hecho hombre. ¿Y se lo iba a entregar a los de Viena por un papelucho arrugado? Sin querer, una risa nerviosa se le escapó entre los dientes. Karel se incorporó asustado, se estiró y miró atontado a la luz. Luego, reconociéndola, sonrió con aquella amplia y bondadosa sonrisa que tienen los niños de Bohemia.

—¿Qué ocurre?—dijo bostezando con pereza mientras le crujían las articulaciones—. ¿Ya es de día?

Ella lo sacudió para despertarlo del todo. Tenía que salir inmediatamente de la cama, de la casa, iba a prepararle un lecho en lo más profundo del bosque donde tendría que permanecer los próximos días, sin moverse de allí bajo ninguna circunstancia, aunque pasara una semana, hasta que ella lo llamase. Recogió un montón de heno en un gran hato, se lo colocó a la espalda y lo condujo por un camino oculto; anduvieron un cuarto de hora más o menos hasta la parte más espesa e inaccesible del bosque, donde habían levantado un pequeño puesto de caza.

Allí es donde tendría que permanecer durante el día, le ordenó, sin dejarse ver por nadie; por las noches podía dar un paseo. Lo tranquilizó asegurándole que ella le traería de comer. Karel obedeció como siempre. No comprendía, pero obedecía. A mediodía iría a verlo con comida y tabaco, dijo para consolarlo. Luego se marchó aliviada. Gracias a Dios, lo había salvado. La casa estaba en orden. Ahora ya podían llegar.

Y, efectivamente, llegaron. Con una fuerza descomunal. Habían aprendido bien su oficio, lo tenían todo planeado. Wondrak había hecho bien en advertirle. En cuanto se echó a dormir, llevaría dos horas acostada, eran las cinco de la mañana (¡debían de haber caminado toda la noche!), el perro ladró. Ella estaba despierta y el corazón le dio un vuelco. Eran ellos. El enemigo estaba allí. Pero no se movió, ni siquiera cuando una voz dura gritó desde abajo:

—¡Abran!

Lentamente, poco a poco, se calzó y bajó arrastrando los pies, gruñendo en voz alta y maldiciendo con toda intención como si la hubieran despertado del sueño más profundo. El disimulo era algo natural para una persona como ella, que no revelaba sus sentimientos. Bostezó ruidosamente y luego abrió. A la luz del amanecer vio a un oficial de la gendarmería en medio de la pálida niebla. Un extraño con una capa cubierta de rocío, cuatro soldados y un perro, que inmediatamente deslizó un pie para bloquear la puerta. Quería saber si su hijo Karel Sedlak vivía allí.

—¡Oh, antes sí, pero hace tiempo que se marchó! Se fue a Budweis con los soldados, lo sabe toda la ciudad—respondió con rapidez... tal vez con una excesiva y sospechosa rapidez.

Y mientras lo decía no olvidó que hay que mirar a las personas a los ojos. Sin demasiada amabilidad, fugazmente, sin comprometerse, o notarían su miedo. Lo había pensado bien.

—Eso ya lo veremos—gruñó el oficial entre su barba roja, húmeda por la niebla. Entonces dio una orden en alemán. Dos hombres se apostaron delante de la puerta y dos fueron detrás de la casa tomando los fusiles que habían llevado al hombro. El perro olfateaba y saltaba alrededor de Horcek, que se apartaba desconfiado. En cuanto los soldados ocuparon sus puestos, el oficial les dijo algo más en alemán, luego se dirigió a ella en checo:

—Ahora, a casa.

Ella lo siguió. En su interior había miedo y una furiosa alegría. «Él no está en la casa, puedes buscar todo lo que quieras—pensó—, será en vano». Él entró rápidamente en la habitación, abrió de golpe los cajones; un ambiente gris envolvía las cosas, miró a su alrededor. Sacó las cajas, echó un vistazo debajo de la cama, levantó las almohadas…, nada.

—Las demás habitaciones—ordenó. Haciéndose la tonta para cargarlo, ella le respondió:

—No tengo, las demás son del ilustre señor conde. Sólo permite que ande por esta parte de la casa y le prometí que lo respetaría.

Él no la escuchaba.

—Abra.

Ella le mostró el comedor del señor conde, la cocina, la habitación del servicio y el dormitorio de los señores. Él lo registró todo. Tenía práctica. Golpeaba las paredes. Nada. Su rostro adquirió un aspecto enojado: ella exultaba de alegría, una alegría desbordante, maliciosa. Él señaló a la escalera.

—El sobrado—ordenó.

Una nueva ola de alegría la sacudió por dentro. Efectivamente, Karel había estado durmiendo arriba, en el sobrado; había sido una suerte que el valiente Wondrak le hubiese advertido, si no esos perros lo habrían cogido allí. Él subió por la escalera, ella lo siguió. Allí estaba su cama. En un cajón (entonces se le ocurrió pensar que habría debido guardarlo) estaba su ropa. Ella observó que el lecho de paja no estaba arreglado. Lo había olvidado. Él también lo notó. Quería saber quién dormía allí. Ella se hizo la tonta.

—Aquí es donde duerme el criado, el montero del señor conde, siempre que hay cacería; a veces también se trae a dos.

—Ahora no hay cacería. ¿Quién ha dormido últimamente aquí?

Allí no había dormido nadie. Sin embargo, la paja estaba toda revuelta. Es que el perro solía echarse allí dentro en invierno.

—Vaya—dijo agudamente—, así que el perro—y señaló a la mesa, donde había una pipa mediada. Sobre el suelo quedaban restos de ceniza. —¿Y también fuma en pipa, o qué?

Ruzena no respondió. Se quedó sin palabras. Él tampoco esperó su réplica; abrió de golpe el cajón y sacó la ropa:

—¿A quién pertenece?

—A Karel. La dejó aquí cuando se marchó al ejército.

El oficial estaba enojado. Ella siempre tenía una respuesta para todo. Derribó a golpes lo que encontró. Buscó por el suelo. No había nada. Sólo la paja. Por fin, la búsqueda había concluido. El corazón le palpitaba con fuerza, pero sintió alivio. Él se alisó los pantalones. Mientras se encaminaba hacia la escalera, ella pensó: «Ahora se marchará». ¡Salvado! La sangre volvía a fluir en torrentes por sus venas, pero el oficial se detuvo al llegar a la puerta, levantó la mano, se llevó dos dedos a la boca y lanzó un silbido.

Ruzena se asustó. Se estremeció. El silbido se le metió por el oído hasta llegarle a las entrañas. ¿Qué era aquello? El miedo a lo desconocido se apoderó de ella. El perro subía moviendo la cola. Llegó orgulloso de que lo hubieran llamado y empezó a bailotear armando un pequeño revuelo.

Era una especie de perro pastor con ojos inteligentes y una gran cola, se frotó contra la espinilla del oficial y levantó la vista hacia él mientras barría el suelo dando firmes golpes con la pata.

—Atención, Hektor—ordenó el oficial. Luego tomó ropa de la caja, un par de zapatos, una camisa, y lo extendió todo sobre el suelo. —¡Ahí tienes, busca!

Hektor se acercó. Adelantó un poco su aguda cabeza y enterró el hocico en la ropa olfateando también un zapato. Su nariz temblaba, olisqueó la bota dejando escapar un sonido tenue y seco al tomar aire. Temblaba, movía vivamente el rabo, excitado, impetuoso; sus costillas, su interior se agitaban. Olía algo. Le habían puesto una tarea. El oficial le gritó y levantó el brazo señalando el lecho, el perro corrió y lo olfateó. Luego pegó la cabeza al suelo y fue de un lado a otro en diagonales.

El diablo se escondía en aquel perro. Sus ojos lanzaban chispas. Había captado algo en aquellas diagonales y siguió su rastro hasta que, por fin, se colocó ante los escalones superiores de la escalera. El oficial iba tras él.

—Busca…, busca… —lo azuzaba.

El perro ya estaba en el umbral, seguía la pista, bajó olfateando la escalera con el comandante de la gendarmería detrás de él.

Al llegar abajo dio a los soldados una orden. Cuatro de ellos dieron un paso al frente y siguieron al perro. Hektor iba nervioso de arbusto en arbusto y luego volvía a la casa. Por fin se apartó lentamente de la puerta y se dirigió resollando hacia el bosque. A Ruzena le dio un vuelco el corazón. Bajó corriendo la escalera y, sin pensarlo, se dirigió hacia la puerta; quería seguirlo, ir por delante de él, gritar, advertir, evitarlo…, ni ella misma sabía qué. Pero el comandante de la gendarmería la detuvo cerrándole el paso de pie en el marco de la puerta.

—¡Quédese ahí! ¡Siéntese ahí!—señaló al

banco que había junto a la estufa bordeando el hogar.

No se atrevió a replicarle, se quedó allí encogida.

Oía los pasos de los soldados. Restallaban correas. Ahora estaba sola con el comandante. El oficial se sentó a la mesa como si ella no estuviera allí. Golpeó sosegadamente su pipa para vaciarla, la volvió a llenar y comenzó a fumar con deleite. Tomaba bocanadas muy lentas, podía esperar pacientemente, pues estaba seguro de su triunfo. Se había quedado muy tranquilo. Ruzena sólo oía cómo exhalaba el humo de sus pulmones; su sosiego se hacía notar. Ella estaba sentada y lo miraba fijamente con las manos frías, caídas. Le pareció que su sangre huía hacia dentro, helada por el aire. Su interior soportaba tal tensión que parecía a punto de desgarrarse. Estaba paralizada por lo que ocurría. Su respiración se cortaba violentamente para poder oír algo en el bosque, sentía cada soplo, cada aliento sobre el pulso que reverberaba en sus oídos y se preguntaba a sí misma, a su torpe cerebro, si él lograría escapar. De repente sacó las manos. Se palpó la blusa. Tocó el lugar donde estaba el crucifijo. Lo apretó. Empezó a rezar. Rezaba y rezaba. El padrenuestro y las demás plegarias que conocía. Sin querer, se le escapó una palabra en voz alta. El oficial se volvió y le lanzó una mirada acerada y, a su parecer, burlona. Te tengo, Calavera; espera y verás, estaría pensando. Pues ése era el aspecto que tenía en aquel instante: la frente más que dura entre los cabellos desordenados; la boca, abierta, de modo que los dientes brillaban intensamente; y, luego, los agujeros negros, los ojos y la nariz. Él se dio la vuelta. Sin darse cuenta, escupió al suelo y restregó el viscoso jugo de la pipa con el pie, lentamente, sin alterarse, sin prisa.

Ella estaba tan angustiada que estaba a punto de gritar. No podría soportarlo más. El paso del tiempo pesaba sobre ella. Una eternidad. Temblaba. Quería arrojarse ante él, suplicarle de rodillas, implorarle, besarle los pies, era, a pesar de todo, un ser humano, sólo que de uniforme, inaccesible, envuelto en un halo intangible de poder..., enviado por el enemigo. Pero si lo hiciera, seguramente se delataría. Tal vez no lo encontraran. Volvió a escuchar, escuchó concentrando todas sus fuerzas en el oído. Una eternidad. Era lo más espantoso que había soportado hasta entonces en sus cuarenta años. Le pareció más largo que los nueve meses que llevó dentro a su hijo, aunque, en realidad, no esperó más que una media hora. Entonces, algo crujió fuera, se oyó un paso, luego más y, finalmente, un violento chasquido. El oficial se levantó y echó un vistazo desde la puerta. Soltó una risita. Acarició al perro que vino hasta él saltando.

—¡Bravo, Hektor, bravo!

Luego, sin volverse a mirar, salió. El terror se apoderó de Ruzena.

Se quedó un instante de pie, inmóvil, congelada. Luego se arrancó de golpe el plomo de las piernas y salió precipitadamente. ¡Qué espanto, lo habían capturado! Karel, su Karel estaba entre ellos, esposado con las manos a la espalda, con el semblante demudado, encogido, los ojos hundidos, avergonzados. Lo habían atrapado justo cuando iba al arroyo a lavarse y lo habían traído descalzo, sólo con pantalones y con la camisa suelta. La madre soltó un agudo grito y se precipitó hacia el oficial, se arrojó ante él de rodillas y agarró sus pies. ¡Tenía que dejarlo ir, era su único hijo, el único! Por amor del Creador, tenía que dejarlo marchar, aún no era más que un niño, Karel no tenía ni diecisiete años, tenía dieciséis, sólo dieciséis, se habían confundido. Estaba enfermo, muy enfermo, se lo podía jurar, todos lo sabían, se había pasado todo el tiempo postrado en cama.

El gendarme, al que la situación le incomodaba (los soldados lo miraban fijamente con sequedad), quería soltarse el pie, pero aquella loca furiosa se aferraba a él todavía con más fuerza. Si se mostraba indulgente con el niño, con aquel inocente, el Creador se lo pagaría. ¿Por qué su hijo precisamente, él, que era tan débil? ¡Por amor de Dios! Debía tener compasión, había otros, grandes, fuertes, recios. ¡Oh, había tantos otros en el país! ¿Por qué llevárselo a él, precisamente a él? Por amor del Creador, tenía que dejarlo con ella... Dios le recompensaría aquella buena acción y ella rezaría todos los días por él. Cada día. Y también por su madre. Le besaría los pies, los pies. Y aquella mujer furibunda se arrojó literalmente al suelo y le besó al gendarme los zapatos sucios, llenos de fango.

El gendarme, avergonzado, se mostró grosero. Se zafó de aquella loca, apartándola de un empujón. ¡Qué bromas eran ésas! Miles y miles de muchachos habían marchado a la guerra por el emperador y ninguno había abierto el pico. Si era verdad que estaba enfermo, eso ya lo dirían los médicos. Tenía que estar contenta de que no pusieran inmediatamente contra la pared a aquel prófugo. Todo desertor tendría que ser fusilado como dicta la ley, y si dependiese de él, lo...

No pudo seguir hablando, porque en medio de la frase ella le saltó encima. Se levantó y se arrojó contra él clavándole las uñas en la garganta y dándole un tremendo golpe, que a punto estuvo de derribarlo en el suelo. El oficial, con toda su fuerza, retrocedió tambaleándose y dando manotazos a su alrededor. Uno de ellos le acertó a ella en la frente. Luego la agarró con sus puños y le apretó con fuerza las muñecas hasta que Ruzena se retorció de dolor. Aunque estaba indefensa, todavía se lanzó a morderlo como un animal, agarrándole firmemente por el brazo y colgándose de él con los dientes. Él rugió. Los soldados, que ya habían llegado junto a él, se la quitaron de encima y la tiraron al suelo, pateándola.

El gendarme se estremecía de dolor y de ira (avergonzado ante los soldados).

—Ponedle las esposas—ordenó—. Ya te enseñarán, bribona.

El brazo le ardía furiosamente. Sus dientes habían traspasado el abrigo y la tela de la camisa. Sintió cómo su sangre roja corría por fuera goteando al suelo, pero no quiso que lo vieran así. Mientras ellos le ponían las esposas, se anudó el pañuelo al brazo y luego, recuperando la calma, ordenó muy tranquilo:

—¡Vamos! Dos iréis por delante con el muchacho y otros dos, con ella.

Ruzena llevaba las manos a la espalda. El oficial había sacado su revólver.

—Si alguno se mueve será abatido de un disparo.

Los soldados pusieron a Karel en el centro. Él se giró, pero cuando le indicaron que anduviese, anduvo. Caminó con la mirada perdida, mecánicamente, sin ofrecer ninguna resistencia: el susto había quebrado su voluntad. También la madre caminó sin hacer nada por defenderse. No volvió a mostrarse violenta. Habría ido con Karel a cualquier parte. Hasta el fin del mundo. ¡Ahora sólo quería estar con él, permanecer a su lado! Sólo quería seguir viéndolo: sus espaldas anchas, vigorosas, aquel mechón de pelo lanoso de color castaño sobre el cuello rechoncho, ¡ah!, y sus manos castigadas, esposadas a la espalda, las manos que ella conocía, pequeñas, infantiles, con uñas rosadas, surcadas por líneas finas, dulces. Habría ido igual sin soldados, sin órdenes, sólo por no separarse de él. Sólo por sentirlo cerca. No notaba el cansancio, aunque llevaba caminando mucho tiempo, ocho horas; no notaba que sus pies ardían, porque había ido todo el tiempo descalza; no notaba la presión de los grilletes en las manos; sólo le importaba sentir que aún estaba cerca, que lo tenía, que estaba con él.

Atravesaron el bosque y recorrieron el polvoriento camino. Las campanadas del mediodía retumbaban en la apacible ciudad cuando la insólita columna llegó a la calle principal de Dobitzan. Primero, Karel, vigilado a izquierda y derecha por dos soldados que, aunque cansados, marchaban a buen paso; luego, la Sedlak, con la mirada vidriosa, toda desgreñada y contusionada por los golpes, con las manos esposadas a la espalda igual que él; y, por fin, el oficial de la gendarmería, serio, estricto, haciendo un visible esfuerzo por mantener la compostura (el revólver lo había vuelto a guardar). El murmullo del mercado enmudeció. La gente salía a las puertas con mirada sombría. Los cocheros se alzaban sobre sus pescantes descargando furiosos la fusta sobre los caballos y escupían fingiendo que lo hacían por necesidad, cuando no era así. Los hombres arqueaban las cejas mascullando detrás de sus barbas, apartaban la vista y, sin embargo, estaban pendientes de lo que ocurría. Era una vergüenza; primero, los niños, hasta los de diecisiete años, y ahora se llevaban a rastras incluso a las mujeres. Toda la indignación y el rencor de un pueblo, que hacía mucho tiempo que percibía esta guerra austríaca como un asunto de un país extranjero y, sin embargo, todavía no se atrevía a alzar los puños, seguían sin manifestarse y, sin embargo, se traslucían amenazadores en los cien ojos de los ciudadanos de Dobitzan. Ninguno hablaba. Todos guardaban silencio. En la calle sólo se oían los pasos de los soldados.

De algún modo, el instinto animal de Ruzena percibió la fuerza magnética de aquella amargura, pues de repente, en medio de la calle, se tiró al suelo entre los soldados, pataleando y revolviéndose, y empezó a gritar con voz chillona:

—¡Ayudadme, hermanos! Por amor de Dios, ayudadme. No lo permitáis.

Los soldados tuvieron que agarrarla. Entonces gritó a Karel:

—¡Tírate al suelo! ¡Que todos sepan que nos llevan a rastras al matadero! ¡Y, si no, que venga Dios y lo vea!

Y, obediente, Karel se tiró al suelo en medio de la calle mojada.

Colérico, el gendarme acudió al momento.

—¡Arriba con ellos!—chilló a los condenados soldados.

Intentaron levantar a Ruzena y a su hijo tirando de ellos, pero ésta se retorcía, se tiraba al suelo, atada como estaba, coleando igual que un pez en la orilla, chillaba, embestía y mordía: era espantoso verla.

—¡Que venga Dios y lo vea! ¡Que venga Dios y lo vea!—aullaba.

Al final no les quedó más remedio que arrastrarlos y tirar violentamente de ellos como animales que se llevan al carnicero. Y Ruzena siguió chillando con la misma fuerza, con aquella voz rasgada, repitiendo una y otra vez que viniera Dios y lo viera, que viniera Dios y lo viera, hasta que llegaron refuerzos y, medio desnuda, desgreñada, con el pelo gris como la cal, se la llevaron por la fuerza y la encerraron en la prisión.

El tiempo apremiaba. Las gentes de la ciudad se reunían. Las miradas se volvían cada vez más sombrías. Un campesino escupió. Algunas mujeres ya empezaban a hablar en alto; sonaban silbidos; se veía que los hombres les daban con el codo y les advertían; los niños abrían unos ojos grandes como platos, asustados ante el espantoso tumulto.

Se los llevaron a rastras y los metieron en la prisión, juntos. Se podía sentir un odio abierto a la autoridad.

Arriba, en su despacho oficial, el comisario del distrito, que se había arrancado de rabia el alzacuello dorado, no paraba de dar vueltas encolerizado alrededor del oficial de la gendarmería. Era un animal, un desgraciado, ¡traer a un desertor a plena luz del día y pasearlo por la calle atado con cadenas, y además a una mujer! Algo así se comentaría en toda la comarca y sería él quien tendría que dar explicaciones a Viena. ¡Como si no hubiera ya bastante agitación entre los rebeldes y levantiscos bohemios! Ya habría tenido tiempo de traer al muchacho al caer la tarde. Y esa mujer, ¡por todos los diablos!, ¿por qué había tenido que traérsela a rastras? El gendarme mostró su abrigo roto: esa bribona, esa loca furiosa había caído sobre él y lo había mordido, de modo que se había visto obligado a prenderla, sobre todo por los soldados. Pero el comisario siguió soltando maldiciones.

—¿Pero hay que arrastrarla en pleno día por el centro de la ciudad? A las mujeres no se les puede hacer eso. Eso no lo soporta la gente. Una cosa así subleva al pueblo. Una vez que se llega a las mujeres… Las mujeres han de permanecer al margen.

Por fin, el gendarme preguntó amedrentado qué debía hacer.

—Sacar de aquí al muchacho esta misma noche y llevarlo a Budweis con los demás. ¿A nosotros qué más nos da? Que estos mal… —iba a decir «malditos militares», pero se contuvo a tiempo—, que las autoridades competentes se ocupen de ello, nosotros hemos cumplido con nuestro deber. A Sedlak déjala hoy en prisión hasta que él se haya largado. Por la mañana estará más tranquila. Déjala marchar en cuanto él ya no esté. Las mujeres se calman en cuanto sus hombres se han ido. Después de desahogarse, se resignan y salen corriendo a la iglesia o a meterse en la cama de otro.

El gendarme se retiró, estaba sumamente indignado, ¿para eso había estado caminando la noche entera? Pensó para sí que era la última vez que pasaba tantos trabajos.

En realidad, el comisario tenía razón y seguramente se saliera con la suya. La Sedlak se había ido calmando poco a poco en la prisión. No se movía. Estaba echada tranquilamente sobre su catre. No es que estuviera cansada, simplemente estaba escuchando. En alguna parte de aquel mismo edificio sabía que estaba su hijo. Karel todavía estaba allí, aunque ella no pudiera verlo, ni oírlo, pero lo sentía, sabía que él estaba cerca. A pesar de su insensibilidad había un vínculo que traspasaba las puertas. Todavía podía ocurrir algo. Tal vez el párroco pudiera ayudarles. Tenía que haber oído cómo los arrastraban a ambos a la prisión. Tal vez la guerra ya se hubiera acabado. Escuchaba intentando descubrir un signo, una palabra en alguna parte. Karel todavía estaba allí. Mientras él estuviera allí, todavía había esperanza. Por eso estaba todo tan silencioso, tan silencioso que ni siquiera se atrevía a respirar. El guardia de la prisión subió a comunicarle al comisario de distrito que la Sedlak estaba tranquila. Justo lo que él acababa de decir. Mañana trasladarían a Karel y luego volvería la calma.

ESTA REIMPRESIÓN, PRIMERA, DE
«"OBLIGACIÓN IMPUESTA" Y "WONDRAK"»,
DE STEFAN ZWEIG, SE TERMINÓ DE
IMPRIMIR EN CAPELLADES
EN EL MES DE ABRIL
DEL AÑO
2024

Colección Cuadernos del Acantilado
Últimos títulos